ここにいる

形質細胞性白血病とダウン症と

玉井真理子

生活書院

はじめに

「あと一年くらい」

今年、つまり二〇一九年一月の終わり頃に言われたような気がする。

誰から？　誰だろう？　きっとわたしの一番上の息子、拓野《たくや》の主治医にちがいない。

それが、息子が生きていられる時間のことだと気づくのに、一瞬の間があった。

言われたような気がする、としか言えないのは、神隠しにあった時空間での出来事のようだから。

拓野の病気がわかってから、時間は悪意をもっているかのようにゆっくりとしか流れない。そうかと思うと、ぽっかりと消えている時間もある。とことん弾力を失ったわたしの内面は、そんな時間の伸び縮みについていけない。

昨年、二〇一八年一二月のはじめ、わたしは友人の通夜に参列していた。

何も考えられなかった。

手放しで泣く五歳児のようではなかったかもしれないが、小学生のように泣いた。逃げるようにして帰ってきた。

息子は、彼女からもらった、今は形見になってしまった帽子をかぶっている。

拓野の病気のことを記録、あるいは記録もどきでもいいから残しておかなければ、息子が生きているうちに残しておかなければ、とわたしにしては珍しく明確な輪郭をもった思いをいだいたのは、彼女の通夜の帰りか、旅立った知らせを受けたときだったのか、それとも、残された時間が少ないと知らされて緩和ケア病棟に移った、と聞いたときだったのか……さだかではないではないが、それらのいずれかだ。

彼女は本を書いていた。病気が治ったら闘病についての本を書くと言っていた彼女は、治る前に本を書き始めていた。だが、治ることなく、そして本の完成を見る前に、いなくなってしまった。

彼女の本はご家族の手によって仕上げられ、今わたしの手元にあるけれども、わたしは頁をめくれないままでいる。何年たったら読むことができるようになるのだろう。

息子は、形質細胞性白血病という、生命予後不良の血液のがん。

彼女は、血液がんではなかったが、やはり、あまり楽観できないタイプのがん。

息子の発病のほうが少しだけ早いが、再発、再々発という病気の流れと、彼女のそれは奇しくもシンクロしていた。厳しい治療を受ける時期も、重なっていた。

生きのびて、生きのびて、生きのびて……どんなことがあっても生きのびて！　と、わたしは彼女と息子を重ね合わせて、祈った。

なんの根拠もないのに、がんの種類さえ違うのに、彼女が生きのびてくれたら、息子も生きのびられるような気がした。

そう、わたしは彼女のために祈っていたようで、実は息子のために祈っていたのだ。

彼女の通夜に参列しながら、そのことに気づいた。

わたしは、色とりどりの花に囲まれた静かな彼女の顔を見ることができなかった。

ごめんなさい、ごめんなさい、ごめんなさい……許してもらう機会もなくなってしまったけれど、ごめんなさい！　わたし、自分の息子のことしか考えていなかった。

彼女より少しだけ早く病気がわかった息子は、当初の予想に反して、彼女より長く生きのびている。でも、それももう時間の問題なのだろう。

そう、カウントダウンはもうはじまっているのだ。

拓野が生きている間に、彼の病気のことを記録に残しておかなければ！

形質細胞性白血病という超がつくまれな病気。しかも息子はダウン症。ダウン症でこの病気で、しかも今生きている人は世界でひとりだけなのかもしれない。

世界でたったひとりでも、たしかにここにいるということを、息子が生きている間に、せめてかたちにしておきたい。「ここにいた」という過去形になる前に……。

本書は3部構成になっている。

第1部は、イラストでつづる息子の闘病記もどき。

第2部は、二〇一八年九月八日に開催したトーク&ミニコンサートイベントの記録。

第3部では、わたしが二〇一五年四月から翌二〇一六年三月まで信濃毎日新聞に連載したコラムに番外編をつけた。

さらに、大変ありがたいことに、種類は違うものの同じ血液のがんで闘病した経験をおもちの元宮城県知事・浅野史郎さんが寄稿してくださった。

形質細胞性白血病って、そもそもどんな病気なの？　という疑問が解けないとどうにも気持ちが悪くて本を読むどころではない、というわたしに似た理屈先行タイプの方のために、一応病気の解説もつけてみたが、これはあくまでもしろうとのしろうとによるしろうとのための解説であり、余計消化不良になるリスクを覚悟でお読みいただきたい。

イラストを描いてくれたのは日本画家の中畝《なかうね》治子さん*1。日本画というのは恐ろしく高価なものだということを、彼女や彼女のパートナーでやはり日本画家の常雄さんの展覧会に行って知った。だから、わが家には中畝夫妻の作品そのものはなく、あるのは絵葉書だけだ。常雄さんが書いた洋梨の絵（の絵葉書）がわが家の台所にもう何年もある。

拓野の病気がわかり、専門用語では全生存期間中央値、一般には平均余命などと言われているものが約六か月で、ほとんどの患者が一年以内に亡くなってしまうらしいということを知ったとき、何年も会っていない治子さんのことを思い出した。

治子さんは、お子さんを亡くしている。子どもに先立たれるということはどういうことなのだろうかと彼女にたずねてみたかったけれど、こわくてできなかった。中畝さん夫妻から届く年賀状には、亡くなったお子さんが天国から家族みんなに声をかけているイラストがいつも描かれている。

今回、治子さんに思い切って連絡をしてイラストを描いてもらうことになった。

「楽しいイラストにしましょう」

彼女はそう言ってくれた。

他方、たくさんの写真は、第一五回酒田市土門拳文化賞を受賞している姫崎由美さん*[2]と、拓野とタイプは違うものの同じ病気で同じ年齢の幡野広志さん*[3]の作品である。すばらしい二人の写真家に撮ってもらった写真のなかには、わたしにはめったに見せない息子の笑顔がある。

ダウン症で形質細胞性白血病の患者が、過去も含めて本当に世界にひとりしかいないのかどうかはわからないけれど、少なくともひとりはここにいる。

わたしが伝えたいのは、それだけだ。

＊1　中畝常雄・中畝治子著『障害児もいるよ ひげのおばさん子育て日記』フェミックス、二〇〇八年
＊2　姫崎由美『gifted――誰かが誰かを思うこと』冬青社、二〇一一年
＊3　幡野広志『ぼくが子どものころ、ほしかった親になる。』ＰＨＰ研究所、二〇一八年

ここにいる――形質細胞性白血病とダウン症と

もくじ

はじめに　3

第1部
拓野《たくや》の闘病記（イラスト＝中畝治子）　13

第2部
トーク＆ミニコンサート「形質細胞性白血病とダウン症と」　45
形質細胞性白血病とはなんぞや？　93

第3部
なんとかなるさ——四人の息子と子育て・仕事　103
1　叱った子どもが成人——親なんて割に合わない　104
2　春からそれぞれの生活——弟たちの変化に長男は感慨　107
3　ダウン症の長男——作業所ライフに全力投球　109

4　大学四年生で第一子出産――「障害児の母」構えずに　111
5　子どもが四人に増えて――院生時代　保育園に支えられ　114
6　ズルズルと研究者に――目的持った大学生　まぶしく　116
7　長男誘い次男のいる三重へ――大切な思い伝える旅路　119
8　カウンセリングの現場――ひたすら聴き　寄り添う　122
9　長男の講演にお供――知らなかった夢に驚き　124
10　お正月――子の成長しみじみ思う　127
11　末っ子連れて短期留学――子どもほめちぎる米国　130
12　長男の入院――思わぬピンチ　現実は現実　132
13　番外編その1――なんとかならないこともある　135
14　番外編その2――やっぱり、なんとかなる!?　139
15　番外編その3――おそすぎた献血　142
16　番外編その4――お金と沖縄と、あらためて病歴　146
玉井拓野の病歴　153

特別寄稿　なんとかなります

浅野史郎（元・宮城県知事）　154

おわりに　156

第1部

拓野《たくや》の闘病記

（イラスト＝中畝治子）

たくさんの雪が降った日に、息子の拓野《たくや》は地元の大学病院に入院しました。

病気の名前は、形質細胞性白血病。多発性骨髄腫という聞きなれない病気の一種です。

すぐに抗がん剤治療がはじまりました。

入院したころの拓野は、一五五センチ、七〇キロありました。肉襦袢《じゅばん》、あるいはミートテック。

病院のご飯では物足りなく、「カツ丼食いて〜」と叫びながら、点滴台を押して廊下を歩いていました。

教授回診のときに、「ご飯が少ない」と直訴することに、拓野はなんのためらいも見せませんでした。

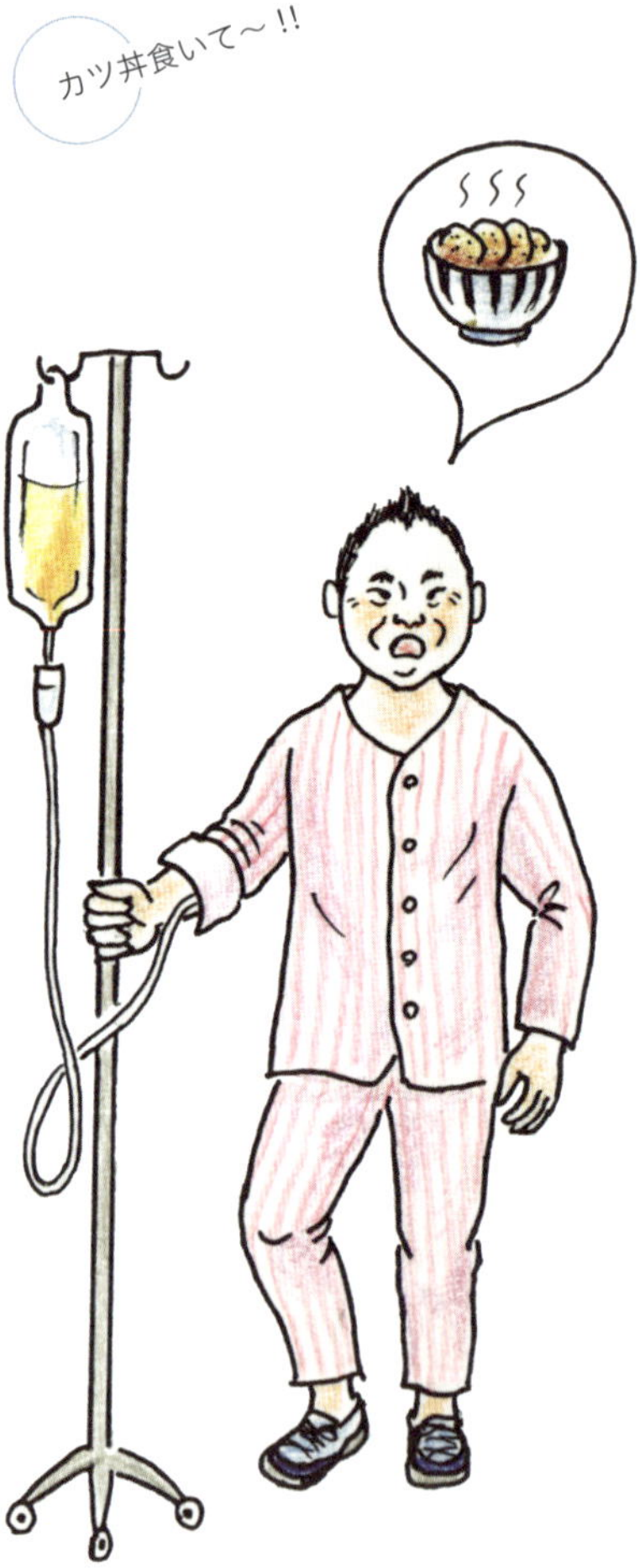

あまりにも珍しい病気なので、これと決まった治療というものはありません。

治る病気ではなく、おまけに生命予後は六か月から一年とのことでした。

拓野にはもう来年というものはないのだと打ちのめされたのはわたしだけで、本人はいたってのんきでした。

自分の病気をなぜか白血病ではなく「セッケツビョウ」と覚えてしまった拓野は、東京の病院に転院することになりました。

造血幹細胞の自家移植という治療のためです。

大好きな担当の女医さんと看護師さんとはなれるのが、少しさびしそうでした。

本人はいたってのんき

転院した病院はキラキラした大都会のど真ん中にある、それは、それは、キラキラした病院でした。あちらの窓からは高層ビル群が、こちらの窓からは東京スカイツリーが見えました。

拓野は、わたしの心配をよそに、ふたたびやさしい看護師さんたちに囲まれて入院も悪くない、という顔をしていました。

しかし、造血幹細胞の自家移植はそう甘い治療ではありません。

熱は出るわ、吐くわ、ご飯は食べられないわ、もちろん髪は抜けるわ。

フラついて夜中にころんだときは、深夜に担当の先生が呼ばれました。

どこででも優しい看護師さんに囲まれる

拓野は、一回目の自家移植を受け、退院しました。

退院するとき、食事は半分ほどしか食べられませんでした。

しかし、移植後のそうしたモロモロはおそらく想定内だったのでしょう。

「この時期にバクバク食べてたらバケモノだよ」

主治医の先生、サラリとおっしゃる。

食欲がない、という経験をしたことがない拓野は、ご飯が食べられない事態を理解できず、「おかしいな」「どうなってるんだ、オレのからだ」を繰り返していました。

看護師さんのマジックワード「玉井くんには勇気がある」がささえでした。

拓野は、造血幹細胞の自家移植という治療を二回する予定になっていました。

それなのに、よりにもよって二回目の移植予定直前に熱を出し、また地元の大学病院に入院するはめになりました。

結局二回目の自家移植はいったん流れました。

熱はなかなか下がらず、原因もわからず、見るも無残な口内炎にもなりました。

病気になってはじめての誕生日は、病院で迎えました。

熱と口内炎にもかかわらず、誕生日ケーキをそれでも一口食べるという見上げた根性の拓野でした。

バースデイケーキ

二回目の自家移植をやめたかわりに、あらたな抗がん剤治療がはじまりました。日本で使えるようになってまもない新しい薬を使った治療でした。

新薬という響きにわたしは少しだけ浮き、いやいや期待禁物、希望禁止と自分に言い聞かせました。

病気になってはじめての年末年始は、自宅で過ごしました。

わたしは、とにかく風邪をひかせてはいけないとだけひたすら思っていたからなのか、この年末年始の記憶がほとんどありません。

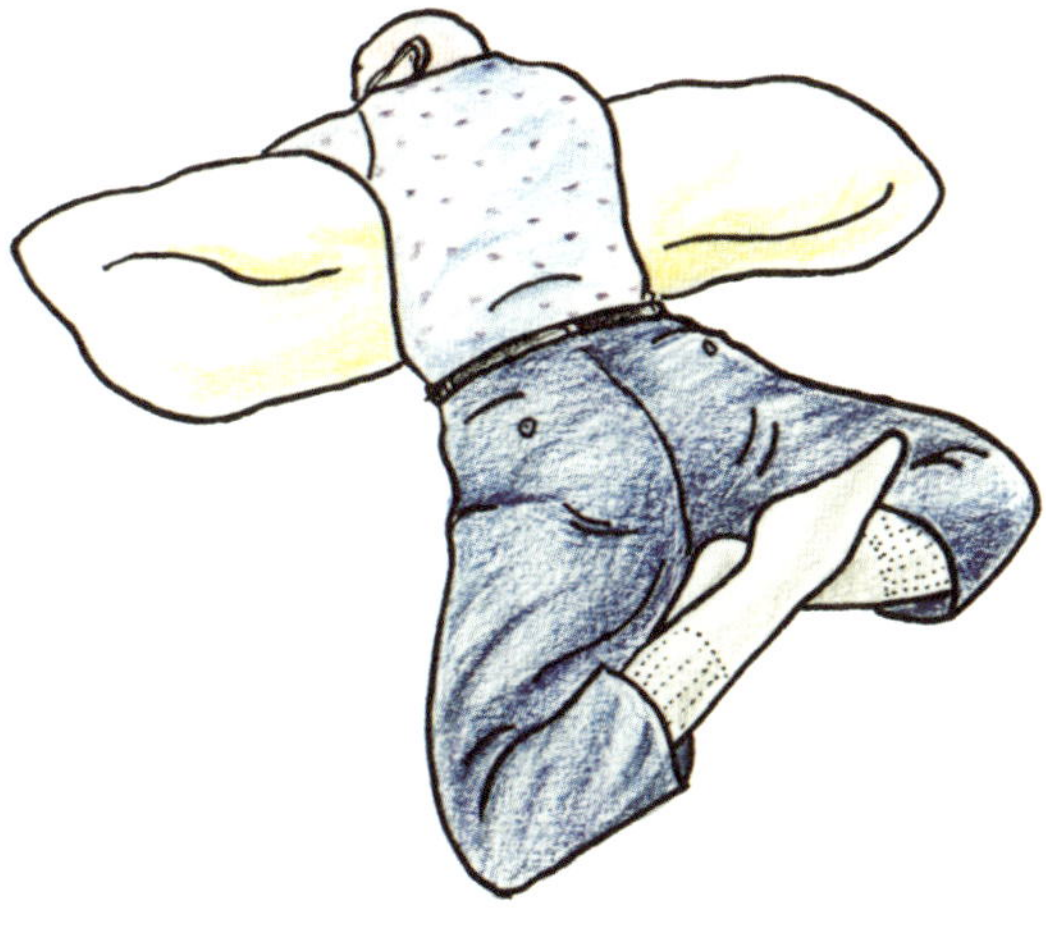

身体、本当に柔らかいんだな……。得意のポーズ

新しい薬を使った治療だったにもかかわらず、拓野の病気は再発しました。

さてどうしたものかと、一回目の移植治療をした大都会の病院に相談に行きました。

先生は、拓野の顔を見るなり言いました。

「玉井くん、そんなに元気ならもう一回移植やるか?」

えっ、それだけですか?

いったん中止になった二回目の自家造血幹細胞移植は、そんなふうにして決まりました。

歯磨きのポーズ

造血幹細胞の自家移植を二回もする人は少ないので、体験談も見あたりません。たよりは一回目の経験だけ。

またあんな思いをするのか、させるのかと思うと、わたしの気持ちは不安に翻弄され、恐怖に支配されました。

一回目よりも二回目の方が少しだけ楽という、根拠があるんだかないんだかわからない患者コミュニティーの都市伝説を、とりあえず信じるしかありませんでした。

信じるものを救ってくれたのか、二回目の自家移植は無事に終わりました。

ソフトボール大会の始球式でピッチャー!!

二回目の自家移植のあと、待っていたのは同種移植をするかしないかの難問です。

自家移植との対比なら他家移植とでも言えばいいものを、自分以外の人から造血幹細胞をもらうことは同種移植と言うらしい。

病気になったばかりの頃、まさか本当に同種移植が現実の選択肢になるとは思いませんでした。

拓野には三人の弟がいて、そのうち二人の白血球の型（HLA）が一致しています。

同種移植のためのドナー候補は、いるといえばいたのです。

でも、あたりまえですが、いりゃあいいってもんではありません。

4人兄弟

兄弟

同種移植は、移植関連死が二割とも三割とも言われるくらいの超ハイリスク。

ハイリスク・ハイリターンともささやかれ、しかし、治癒をめざすならそれしかない。

専門家の間でも賛否両論ある治療です。

しかも、多発性骨髄腫（形質細胞性白血病は多発性骨髄腫の一種）で同種移植をする患者は少ない。

新薬ラッシュと言われ、多発性骨髄腫では死なない時代が来た、とまで言われているからです。

同種移植までせずとも、元気にしている多発性骨髄腫の患者はたくさんいるのです。

わたしはむしろ、同種移植に慎重な立場の専門医の話を聞きたいと思いました。

そして、同種移植をする前提で転院までした病院の主治医の先生に無理を言って書いてもらった紹介状をたずさえて、飛行機に乗りました。

向かった先は、はるか九州。

同種移植慎重派の先生は言いました。「最後は死生観の問題かな」と。

死生観！

拓野はわたしの死生観に左右されてしまうのであって、治療を受ける彼自身の死生観はわかりません。

病気になってからケーキの味をおぼえた

末の弟

右往左往、紆余曲折、七転八倒……の末、わたしは拓野の治療として同種移植を選びました。

末の弟（四男）が、五泊六日の入院のために職場を休んでドナーになってくれました。

自家移植とはくらべものにならないくらい大変と聞いてはいたけれど、ウソではありませんでした。

これで拓野にもしものことがあったら、同種移植という治療を選んだわたしが殺したようなものだ。わたしは、毎日そう思って過ごしました。

しかし、拓野は生きのびました。

かくして、クリスマスに骨つきチキンを食べるという拓野の目標は現実のものになったのです。

同種移植を受けた日を第二の誕生日と呼ぶようです。
拓野の第二の誕生日は二〇一七年一一月二四日。
拓野は血液型まで変わりました。
文字通り命がけの治療にもかかわらず、拓野の病気は手ごわいものでした。
最初の自家移植から半年で再発したのと同じように、また再発しました。
再々発です。
患者歴四年目となった今、拓野は再々発後の治療を受けています。
相変わらず「元気な重病人」です。

テレビを観ながら

＊＊＊

息子の拓野《たくや》は、一九八二年一〇月二六日に仙台で生まれました。野を拓《ひら》くという意味で拓野と名づけました。

生まれて間もなくダウン症と診断されました。

小さい頃こそ、風邪をひきやすかったり、はしかから肺炎になって入院したりしましたが、基本的に拓野は元気でした。

小学校のときの盲腸（虫垂炎）、高校のときの骨折。それくらいでしょうか。「医者いらず」の拓野でした。「ナントカは風邪ひかないって言うし」と、わが家族はしばしば外では言えないようなことをささやきあっていました。

そんな拓野が、よりにもよって大変な病気になってしまったのです。

拓野は肥満のために、地元の大学病院の内分泌内科に定期的に通っていました。その定期受診で、血液データの異常を指摘されてたまたま見つかった病気です。すぐに血液内科を受診するように言われ、骨髄の検査を受けました。それが二〇一六年一月六日のことです。

検査結果が出て、形質細胞性白血病（血液のがんである多発性骨髄腫の一種）と診断され、入院したのは一月一八日です。甲府盆地に大雪が降った日でした。

わたしは雪が嫌いになりました。

入院した病棟は七階で、そこからは冬の富士山がよく見えました。

わたしは、雪をかぶった富士山が嫌いになりました。

＊＊＊

そこから拓野は入退院を繰り返し、結局三か所の大きな病院を経験することになります。抗がん剤治療と、そして、おもに造血幹細胞という血を造るもとになる細胞を移植する治療のためです。

移植というと、心臓移植、肝臓移植、腎臓移植など、臓器の移植を思い浮かべがちですが、血を造るもとになる細胞、すなわち造血幹細胞の移植は、見た目としては、輸血のようなものです。移植だからと言って、手術するわけではありません。

自分の体からこの造血幹細胞を採取して戻すのが自家移植。戻す前に、造血幹細胞を採取する過程と、採取した造血幹細胞を戻す前に、大量の強い薬をつかって悪い細胞をたたきのめす、とでも言うような前処置の過程があります。

副作用を少しでもやわらげるための「氷なめ」というのもありました。口内炎の予防になるらしく、専門的には「クライオセラピー」と呼ばれているそうです。

拓野は、この「氷なめ」ができませんでした。氷を口のなかに入れて一時間も二時間も絶え間なくなめ続けていなければならないのです。造血幹細胞採取のための入院の前、わたしは拓野にこの「氷なめ」の特訓をしました。

拓野は今でも、移植で何が一番大変だったかと聞くと、「氷なめ」と言います。悪心、嘔吐、高熱、倦怠感……拓野自身はそれらを言葉にはできないものの、あれやこれやあったはずなのに、いやだったのは「氷なめ」だけだったのだというのだから、驚きです。

＊＊＊

二〇一六年一月に病気がわかった拓野は、二回の自家移植と、そして同種移植というさらに激しい治療を経験することになります。

そのあたりの経過は省略し、同種移植のことだけ少し触れておこうと思います。

造血幹細胞の自家移植は、「自家」というだけあって自分の造血幹細胞を採取しておいてそれを戻すわけですが、それに対して、自分ではない人から造血幹細胞をもらって移植するのを同種移植と呼ぶのだそうです。

自家移植に対して他家移植とは言わず、同種移植？

なんでわざわざそんな言い方をするのか、しろうとのわたしには最初わかりませんでした。同種移植の「同種」というのは、同じ種、つまりヒト（人間）ならヒトという同じ種同士で移植するという意味なのだとか。ヒトとヒトではない、たとえばサルとかブタとか、種が異なる動物から臓器をもらって移植することが異種移植。

にわか勉強してわかったのは、情けなくもその程度のことでした。

二回の自家造血幹細胞移植は、それぞれ二〇一六年八月と二〇一七年七月でした。二回とも東京の病院で移植を受けました。

二回目の自家移植のときに選択肢として浮上したのが同種移植です。

なにしろ拓野は、自家移植を二回やる（タンデム移植）予定だったのですが、二回目の自家移植目前に熱を出して入院するという、ハプニングではすまないハプニングに見舞われ、二回目の自家移植をいったん断念して、抗がん剤治療を受けているうちに再発してしまったのです。

＊＊＊

再発後、二回目の自家移植をする方向にはなりましたが、自家移植をしても、腫瘍細胞、要するによろしくない細胞が一定程度以上残っていると再発は必至と言われました。そうならないためには、自家移植のあと、あまり期間を空けずに同種移植をするかどうかを選択しなければなりません。

拓野には選択できません。わたしは選択しなければなりませんでした。

同種移植は、移植関連死が二割とも三割とも言われている治療です。さらに、移植関連死をまぬがれ同種移植を乗り切りさえすればそれで治る、再発のリスクがまったくなくなるというわけでもないのです。

しかし、同種移植をするなら、自家移植でそれなりに腫瘍細胞を減らすことができたタイミングでするのが最適で、もう一度再発してしまってからの同種移植は命を縮めるだけだという、それこそこちらの命が縮むようなことも言われました。

二回目の自家移植のあと、拓野の体のなかの腫瘍細胞はずいぶん減りはしましたが、残念なことにわずかに残っていて、そのわずかな残存は、専門医が見ればほぼ間違いなく再発するだろうという予測がつくくらいの検査結果でした。

同種移植しなければ二度目の再発はおそらく回避できない。

同種移植で亡くなる可能性がある。

同種移植するなら今が一番いいタイミング。

再発してからの同種移植はしないほうがいい。

同種移植しても再発しないとは言い切れない。


さあ、どうする?

そんな難問、わたしには無理っ!

＊＊＊

二回目の自家移植を担当してくださった先生からは、同種移植をすすめられました。

わたしは、一回目の自家移植のときの主治医で、別な病院に異動された先生の考えも聞きたいと思い、東京女子医科大学病院血液内科の萩原將太郎先生を訪ねました。節目節目で、いつも的確なコメントをしてくださった先生です。同じ意見でした。

ダウン症で知的障害もあって、必要なセルフケアも十分にできないような拓野が、普通の人にとってもキツい治療を乗り越えられるのだろうか。

移植関連死という言葉が、心に突き刺さりました。執拗にわたしを揺さぶりました。

一方で、検査データから、この数値だときっと再発するだろうとも言われました。二回目の再発は一回目の再発よりも早い場合が多いとも……。

「玉井くんの病気は足が速いから」

治療しても、治療しても、病気が駆け足で追いかけてきてしまうという意味です。

その言葉が、わたしの頭のなかでグルングルン回りました。拓野は歩くのも走るのも、何をやるにしても動作そのものがのろい。なのに、よりにもよって病気だけなぜ足が速いのか。

理不尽さにおののきながらころげまわっているうちに、雪だるまのように葛藤だけはふくらみ続け、わたしは窒息寸前。

賛否両論ある（多発性骨髄腫における）同種移植なのだから、逆の、つまり同種移植はすすめないという意見はないのだろうかとわたしは思いました。

萩原先生、栂野《とがの》先生と

「同種移植なんかするもんじゃない」

そんな同種移植反対派……反対派でなくてもいいからせめて慎重派の先生はいないものか、と。

＊＊＊

結局、拓野は同種移植を受けることを前提にして、転院することになりました。「なりました」ではなく、それをわたしが選んだのです。ほかのだれでもないこのわたしが。

何か決定打があったわけではないのです。しいて言うなら……いや、今思い出しても、これで決めました、というエピソードは思い出せません。

わたしが選んだ同種移植という治療で、治療中に拓野にもしものことあったら、それはわたしが殺したようなものじゃないか。同種移植なんかしなければ、もう少し生きられたものを、と。

同種移植をしないで再発したら、できる治療もあったのになぜ試さなかったんだろう。あのとき思い切って同種移植していれば、もう少し生きられたものを、と。

しかも、同種移植がどんなに厳しい治療でも、移植関連死がつきまとうものであっても、それさえ乗り越えれば再発はまぬがれることはできるというなら、身をよじるような悩みにはならなかったかもしれません。挑戦してみるか、という気になっていたかもしれないのですが、事はそう簡単でもなかったのです。

同種移植までしても、再発するときは再発する！

そんなみもふたもないことってあるんだろうか、いや、あるものはあるんだ。

同種移植したうえで、そのあと再発！

それって踏んだり蹴ったりってことじゃないのか、いや違うか。

わたしは、踏まれても蹴られてもいないのに、頭のなかがグチャグチャなどというレベルをこえ、体中の生理機能がほとんど狂ってしまったような混乱に陥りました。

現実ってここまで残酷なのか、そもそも残酷なのが現実ってものか。

どこをどう切り取っても、果てしない堂々めぐりの図でした。

迷いがふっきれたわけでもないのに、転院していこうとしているわたしに看護師さんが言ってくれました。

「やっぱり（同種移植）やーめたって言って、もどってきてもいいよ。玉井くんのこと、みんないつでも待ってるから」

＊＊＊

そんなふうに言ってくれた看護師さんも驚くほど素晴らしいと思うのですが、転院した先の病院の看護師さんにも驚きました。

迷ったまま転院してきてしまったわたしの前で、「えっ、同種移植をするつもりだからこそ転院してきたんじゃないんですか」というような態度は、みじんも見せませんでした。本当にこれっぽちも見せなかったのです！

いつまでなら選択を撤回できるかを、具体的な治療スケジュールを示しながら丁寧に説明してくれました。

同種移植慎重派の専門医の話を聞きたいというわたしの気持ちもくんでくれました。納得のいく選択のためにはそれも大事なことだと、背中を押してくれました。

思えば、最初に入院した病院や訪問看護師さんとの出会いで、看護師さんに対する基本的信頼がわたしには刷り込まれていました。大事なことは看護師さんにも相談しよう！　迷ったら看護師さんと話をしてみよう！　皮膚感覚のようなものを伴った感覚です。

同種移植について、ギリギリのところでのふっきれなさをかかえながらの転院でしたが、二人の看護師さんに、送り出され、そして受けとめてもらったことで、わたしはなんとか立っていることができました。

拓野の発病以来、セカンドオピニオンのために受診した何人かの先生からの貴重な情報を頼りに、わたしは遠路はるばる九州まで同種移植慎重派の先生の話を聞きに行きました。

なぜ同種移植に慎重なのか、自分や自分の家族であっても同種移植は選ばないだろうこと、しかし移植をすすめる立場も理解できなくはないことなど、時間をかけて丁寧に話してくださったあとで、その先生は言いました。

「死生観の問題かな」と。

そうきたか……でもそう、そうだよね。死生観以外の、なんの問題だというのだろう。

超まれで、最初から標準治療、つまりこれがスタンダードと言えるような治療法などなく、生命予後不良な拓野の病気、形質細胞性白血病。おまけに患者はダウン症で知的障害があり、死ぬかもしれないような厳しい治療をするかしないかの選択を、すっかり本人にまかせることはできません。だとすれば、問われているのは家族の死生観なのです。

＊＊＊

拓野は、二〇一七年一一月二四日に同種移植を受けました。

うわさにたがわず、大変な治療でした。

何がどう大変だったのか、思い出したくないのでここには詳しく書きません。

自家移植にくらべて何倍くらい大変？　うーん、一〇倍？　一〇〇倍？　一〇〇〇倍？にもかかわらず、拓野は生きのびました。

治療が終わったら、クリスマスにチキンを食べるんだ！　と宣言していた拓野は、本当にクリスマスに骨付きチキンを食べました。骨の髄までは食べなかったけれど、いい食べっぷりでした。

さすがにその年は、病院での年越しになりましたが、二〇一八年の年明けに退院しました。

遠距離通院の日々がはじまりました。拓野の同種移植後の経緯はまずまず順調でした。

わたしの職場のソフトボール大会では、始球式でピッチャーをやりました。

日本骨髄腫学会などという専門家の集まりに大胆にも参加して、アメリカから講演にいらしたウスマニ（S. Usmani）先生にも会いました。

セカンドオピニオンでお世話になった何人かの先生にも、顔を見てもらうことができました。

二度目の再発の兆候が見えたのは、二〇一八年五月の末です。

兆候といっても、血液データ上のことなので、拓野はどこ吹く風でした。

また抗がん剤治療がはじまりました。入院はせず、外来での治療のために毎週病院に通いました。遠距離も遠距離ですが、週に一回の通院です。

そうこうするうちに、甲府盆地に灼熱地獄の季節、世に言う夏がやってきました。例年にない暑さでした。

こらあ、オレを殺す気かあ！　太陽のバカ野郎！　暑さに対して気持ちだけは負けていなかったのですが、病気には勝てませんでした。

ある日の朝、階段をお尻でズリズリと降りてきたのです。壁伝いにヨロヨロとようやく歩くのが精いっぱいでした。

拓野は、熱が続き、歩くのがおぼつかなくなり、また入院することになりました。

猛暑のなかの、暑いというだけでぶっ倒れてもおかしくないような残虐な気温のなかの入院でした。

ウスマニ先生と

最初から標準治療などというものはない、拓野の病気……形質細胞性白血病。それの再々発ですから、ますます治療選択はむずかしくなるばかり。
わたしは自分であれこれ調べるのは、ひとまずやめようと思いました。
いったんはそう決心したものの、やはり不安になるとスマホを片手に検索をしていたり、パソコンにかじりついてキーワードを打ち込んでいたりする鬼の形相のわたしがいました。

　検索したところで、わたしには所詮ちんぷんかんぷん。わたしは自分がさっぱり理解できないことにイラだち、ムカつき、頭をかきむしり、また懲りずにキーワードを打ち込む……悪循環そのもの。あるいは泥沼、もしくはドツボ。

　ほぼ二か月間、一人では歩けなかった拓野は、入院治療でふたたび歩けるようになって退院しました。

　歩けなくなるのも突然でしたが、歩けるようになるのも突然でした。拓野は、大好きな人からもらったフワフワの靴下のおかげだと思っていますが、もちろん治療のおかげです。

　魔法のフワフワの靴下は、毎日履いていたら酷使に耐え兼ねもはやヘタってしまったけれど、拓野はヘタってはいません。再々発後の治療はこれからも続きます。

　いや、続いてほしいとわたしは思っています。

＊＊＊

　思えば、迷いに迷って同種移植という治療を選ぶとき、今の主治医の先生は、同種移植の目的は患者さんを治療から解放すること、すなわち治癒だと静かにではありましたが、力強く語ってくださいました。

にもかかわらず、単なるしろうとでしかないわたしは先生の言葉に水を差すように、治療から解放されなくてもいい、ただ拓野が元気でいてくれさえすれば治療が続くことくらいどうってことはない、と口走ってしまいました。

ああ、またやってしまった！　どうしてこうもわたしは、トゲのある言葉を脳細胞を経由させずに先に口から出してしまう体質なのだろう。何もいいことがあったためしはないのに……。

そのときのわたしのなかには、「治癒」という言葉はなく、あったのは「治療」それだけでした。いつまでも「治療」が続いてほしい。願わくば、永遠に。

しかし、続いてほしいと願っていた治療も、そろそろ先が見えてきてしまったようです。

幸いなことに、拓野の主治医の先生は、形質細胞性白血病を含む多発性骨髄腫の同種移植を日本で一番数多く手がけている先生。

幸いでないことは、その日本一の、いいえ、わたしと拓野のなかでは世界一の先生の、残された時間についての見立てはおそらく間違ってはいないのだろうということ。

わたしが好きな映画『マイフレンド・フォーエヴァー』のあるシーンで、エイズを発症して死に瀕している少年の枕もとで、少年の主治医は言います。

「奇跡を起こしてわたしを有名人にしてくれよ」

拓野は、自分の主治医の先生を有名人にすることはできそうにありません。

線路は続くよどこまでも？

ウソだ、日本は島国なんだから……理屈っぽい子どもだったわたしは思いました。

治療は続くよいつまでも？

ウソだ、人間いつかは死ぬんだから……理屈っぽいまま大人になってしまったけれど、なぜかよく泣くようになってしまったわたしは、「死」という言葉を見聞きしただけで涙が出るほど、人の生老病死に過敏になりました。

「オレは死なない」と拓野は言います。

「なんで？」

「オレは元スーパースターだから」

「スーパースター？　それに、元ってなによ、元って？　じゃあ今はスーパースターじゃないわけ？　元だか何だか知らないけど、スーパースターだから死なないって、どういうこと？」

理詰めの質問に答えられるはずもない拓野。

以前なら、一生言ってろとか、死ぬまで言ってろとか一喝して、ハイおしまい。

今は、そう言えなくなりました。「一生」も「死ぬまで」もリアルすぎる。

＊＊＊

拓野には、病気が治ったらやりたいことがたくさんあるらしい。

治療の合間には、養護学校（現：支援学校）の高等部卒業以来通っている福祉作業所にも復帰して彼なりの仕事もしてきたが、それだけではなく、わたしにはヒミツのやりたいこと。

なんだろう？　いや、聞かないでおこう。

「治らないったら、治らないんだよ。もう何回言ったらわかるの！　病気が治らなくても元気でいられたそれでいいでしょ！」

「ダウン症だって治らないでしょ。でも、ダウン症でも元気ならそれでいいんだから、病気が治らなくたっていいの！」と声をあらげるわたし。

「……」沈黙する拓野。

病魔が拓野の体をどれだけむしばんでいるかは別として、彼は元気なのです。

立ってるものは親でも使え、立ってる拓野はわたしが使う。

性格が悪いとわたしをののしり、お互い様だとわたしに言い返される。

いつまで続くかわからない「元気な重病人」との攻防戦です。

撮影＝姫崎由美

第2部

トーク&ミニコンサート

「形質細胞性白血病とダウン症と」

二〇一八年九月八日に、「形質細胞性白血病とダウン症と」と題して、渋谷でトーク＆ミニコンサートが開かれました。

「開かれました」なんて、わたしは一応主催側なのに、そんな他人事のように言うのはふさわしくないかもしれませんが、紆余曲折を経ているので、わたしにとっては、いつの間にか「開かれることになってしまった」、というのが正直なところなのです。

「形質細胞性白血病とダウン症と」というのは、わたしが書いている長男の拓野《たくや》の闘病ブログの名前と同じです。あわてて考えたので、気のきいた言葉が思いつかなかったというのが、これまた正直なところです。

ただ、ブログに名前をつけるときに、「形質細胞性白血病とダウン症と」と、最後にわざわざ「と」を入れたのには少しわけがあります。余韻を残したかったと言うとカッコよすぎますが、「と」のあとに何が続くのか、自問自答しながらブログを書きたいと思ったからです。

さて、ここで紹介するのはトーク＆ミニコンサート「形質細胞性白血病とダウン症と」の前半のトークの部分の記録です。息子の主治医である日本赤十字社医療センター血液内科の塚田信弘先生にご登壇いただき、相方は、元ＮＨＫアナウンサーであり解説委員のお仕事もされていた迫田朋子さんにお願いすることができました。塚田先生は、大晦日も元旦も病院にいらっしゃるような、文字通りご多忙な先生です。迫田さんは、今はフリーのジャーナリストとして、多方面で活躍されています。

迫田さんには、わたしから思い切って何年ぶりかの電話をし、ご快諾いただきました。塚田先生には、外来受診のときに、診察室に入るなり息子自身が交渉をし始めてしまい、これまたその場でお引き受けいただきました。わたしがまだ迷っていた頃に、トーク&ミニコンサートの企画をどうしようか、先生はいくらなんでも無理だろうね、などとブツブツつぶやいてばかりいたのを、きっと息子は聞いていたのでしょう。

ダウン症で まれな白血病と闘病中

甲府の35歳玉井さん応援

渋谷で8日 トークとミニコンサート

入院先で治療を続ける玉井拓野さん（玉井真理子さん提供）

ダウン症で、形質細胞性白血病という極めて症例の少ない病気と闘う甲府市の玉井拓野《たくや》さん(三五)を応援するトークとミニコンサートが、八日午後二時～三時四十分、渋谷区渋谷一の美竹《みたけ》清花《きよか》さろんである。入場無料。

拓野さんは二年半前、骨髄の中で異常な形質細胞が増え、体の末梢《まっしょう》部の血管まであふれてしまう形質細胞性白血病と診断された。弟にドナーになってもらう造血幹細胞移植などの治療をしたが、現在は病気が再々発し、都内の病院に入院している。当日に外出し参加できるかは分からないという。

イベントは、母親で信州大医学部准教授の臨床心理士、玉井真理子さん(五七)らが「珍しい病気のこと、障害者の闘病のことを知ってもらい、もう少し息子が生き延びられるように」と願いを込めて企画した。

トークでは、拓野さんの主治医で日赤医療センター血液内科の塚田信弘副部長と、ジャーナリストの迫田朋子さんが病気について解説する。フルートとギターのミニコンサートでは、爽やかな音楽で拓野さんの回復を願う。

申し込み、問い合わせは、オフィスマキナ＝電03（3491）9061＝へ。

（神谷円香）

トーク＆ミニコンサートを紹介する新聞記事
（東京新聞 2018年9月5日）

トークは塚田先生と迫田さんのお二人がメインで、ということになりましたが、わたしと、そしておそらく息子も同様のはずですが、どうしてもお話ししていただきたかった方がいました。それは、主治医の先生と同じように、ときにはそれ以上にお世話になった看護師さんです。いつも息子に寄り添ってくださっていた、国立国際医療研究センター病院の千葉みゆきさんと日本赤十字社医療センターの萩原夏紀さんのお二人にも、ぜひ発言してほしいとお願いしました。

最初に入院した山梨大学医学部附属病院で担当の看護師さんだった内田純子さんには、遠方のため参加依頼をためらってしまいましたが、思えば、彼女の存在が看護師さん全体への信頼の根っこになっているので、今思うと強引にでもお誘いしてみればよかったと後悔しきりです。

トーク＆ミニコンサートの企画全般は、オフィス・マキナの加藤牧菜さんにお願いしました。彼女の学生時代から知っている牧菜さんは、今はオフィス・マキナの代表として活躍していて、息子が病気になった二〇一六年に山梨大学医学部附属病院で開いたコンサートの企画でもお世話になっていましたので、わたしはすっかり安心しきってお任せし、フルートとギター、それぞれ著名かつ素敵な演奏者の方に演奏していただくこともできました。演奏の部分は文字にはできませんが、前半のトークの部分だけでも文字にすることで、一人でも多くの人と共有できればと思っています。

内田さん（山梨大学病院看護師）と

＊＊＊

トーク&ミニコンサート

「形質細胞性白血病とダウン症と」

迫田朋子さん（ジャーナリスト・元NHK解説委員）
塚田信弘先生（日本赤十字社医療センター血液内科副部長）

千葉みゆきさん（国立国際医療研究センター・がん看護専門看護師）
萩原夏紀さん（日本赤十字社医療センター・がん看護専門看護師）

西田紀子さん（フルート演奏者）
助川太郎さん（ギター演奏者）

迫田：今回のこのトークとミニコンサートの企画は、玉井真理子さんの息子さんである拓野《たくや》くん、野を拓《ひら》くと書いて拓野くんのことを、みんなで応援しようという会です。

今日は、主治医の塚田信弘先生にお越しいただきました。はじめに塚田先生から病気のお話をうかがって、拓野くんのことも教えていただいて、そしてそのあと、ミニコンサートを予定しております。

それではまず、塚田信弘先生をご紹介します。日本赤十字社医療センター血液内科副部長の塚田信弘先生です。

塚田：塚田です。

迫田：いつも、先生は蝶ネクタイ。蝶ネクタイがトレードマークでいらっしゃいます。この素敵な先生を、皆さまよく覚えておいてください。

最初に、拓野くんの病気が形質細胞性白血病ということなので、その形質細胞性白血病について、ちょっと難しそうですが、塚田先生から説明していただく予定でございます。宜しくお願いします。

■形質細胞性白血病とは

塚田：それではさっそく始めたいと思います。形質細胞性白血病という病気はすごく難しい病気で、病気の発症頻度もきわめて低い病気なんですが、その辺のことをできるだけわかりやすく話すつもりでおります。わからないことがあれば、あとで聞いていただければと思います。

まず、この写真です。今年（二〇一八年）五月の日本骨髄腫学会というところに拓野くんが来てくれたんですね。その時に一緒に撮った写真です。私の宝物のひとつです。

拓野くんと出会ったのは昨年の一〇月ですから、ちょうど一年弱くらいですかね。その間に、非常に濃密な治療をすることになりました。私も血液内科医としてのキャリアという点からは、ひとつ大きくなることができたと思っています。

拓野くんには、あとでお話しするような「同種移植」という治療を行ったんですけれど、それを行うことによって、我々の移植チームもさらに強くなれた。そんな非常に貴重な体験をさせてもらいました。

形質細胞性白血病を知る前に、血液のがんというものについてお話しします。血液と一口に

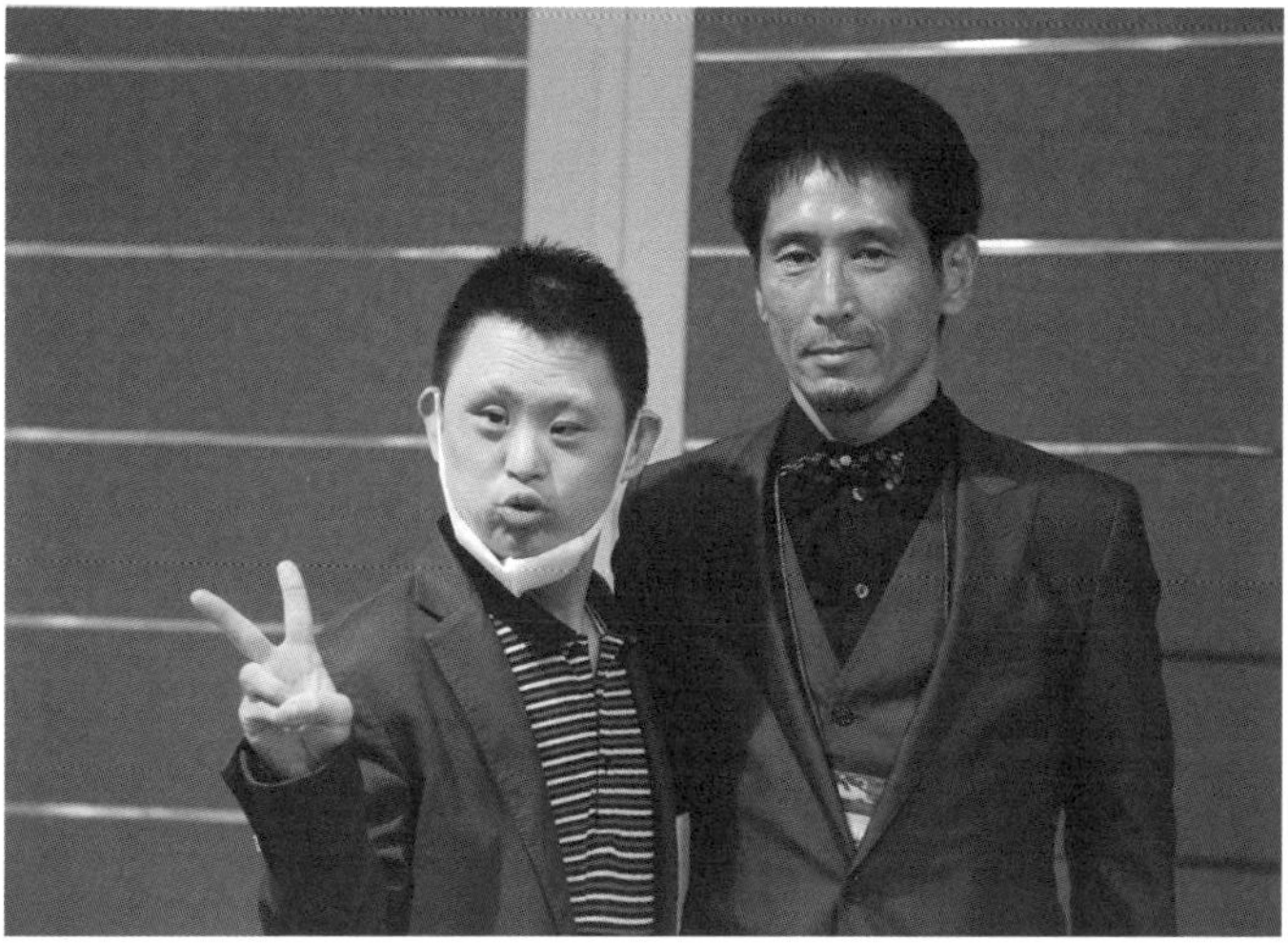

塚田先生と

言っても、実は赤血球、白血球、血小板、その他いろいろな種類のものからできています。赤血球とか白血球とか、そのあたりについては一般の方もある程度ご存知かと思います。

それらは全部、もとをたどると造血幹細胞《ぞうけつかんさいぼう》という細胞からつくられます。幹細胞、幹《みき》という字を書きます。幹細胞からいろんな種類の血液の細胞ができてきて、全体として血液になります。

血液のがんというのは、こういった様々な種類の細胞がつくられていくどこかの段階でがんになってしまうことで起こります。少し複雑なお話になっちゃいますが、この造血幹細胞からリンパ球ができて、血小板ができて、となっていくわけですけれども、その過程でがんになる場合があります。いろんな段階でがんになるの

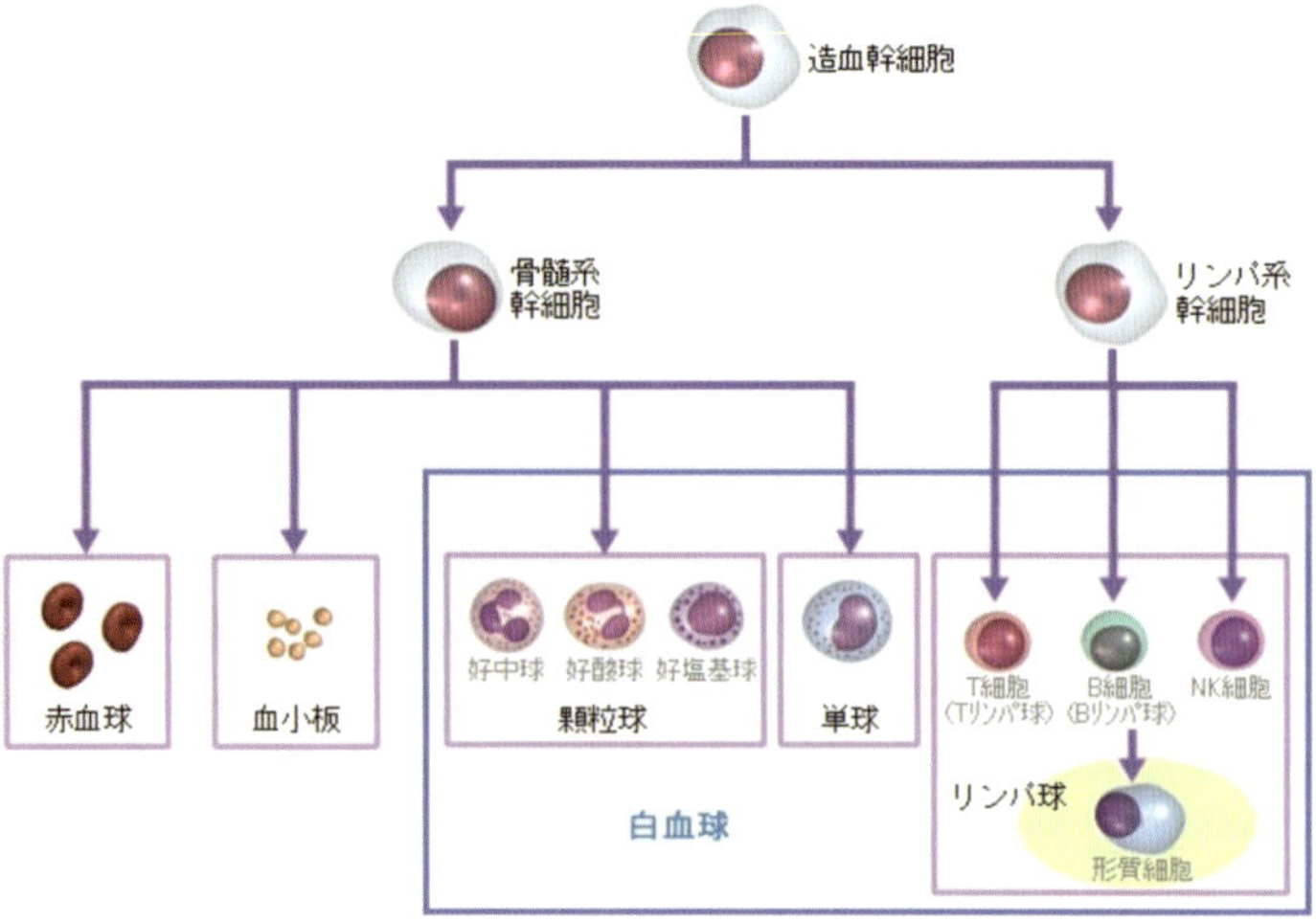

図１　造血幹細胞から血液細胞への分化
（メタ・コーポレーション・ジャパン提供）

で、いろんなタイプの血液のがんができます。

　有名なのが白血病ですね。白血病ってどんな病気かというと、血管のなかに流れている血液、そのなかに血液のがん細胞が出てきてしまった状態です。漢字で書くと、白い血の病気ということになりますが、実際は真っ白になるわけではありません。

　では血液はどこでつくられるかというと、骨髄でつくられます。骨髄は血液をつくってくれる工場によくたとえられます。その工場である骨髄のなかが悪い細胞で埋め尽くされてしまうと、正常の血液の細胞がつくれなくなってしまう。それが、白血病というものの病態になります。原因に関しては、ほとんどわかっていません。喫煙とか、飲酒とか、そういった生活習慣では、血液のがんにはなりません。

血液のがんは、その他にもたくさんあって、成熟したリンパ球が主にリンパ節でがん化したものは悪性リンパ腫と呼ばれ、形質細胞というものが骨髄でがん化したものは多発性骨髄腫と呼ばれます。造血幹細胞が分化するいろんな段階でがん化したものなので、一般の人が知らないようなものも含めて、種類はとてもたくさんあるんですね。血液内科の領域ではこういった血液のがんを扱っています。

拓野くんの形質細胞性白血病というのは、リンパ球が最終的に分化した形質細胞というものががん化したものです。多発性骨髄腫のなかの特殊なタイプで、病気の勢いが最もいい、逆に言えば治療が難しい病気です。

形質細胞というのは特殊な細胞で、体の免疫をつかさどってくれています。抗体というものをつくってくれるんですね。抗体は、我々の体を守ってくれる重要な役割を果たしてくれます。この形質細胞ががんになってしまうと、役に立たない抗体、専門的にはMタンパクと呼びますが、そういうMタンパクというのをたくさんつくります。Mタンパク自体は必ずしも悪さはしませんが、この病気になると、貧血になって、骨が弱くなって、腎臓の働きが悪くなって、血液中のカルシウムが高くなる。こういった症状が出てきます。

通常は、血液のなかには骨髄腫の細胞、つまり形質細胞が骨髄のなかでがん化したものは流れ出てこないんですけど、病気が進んだ状態で見つかると、この骨髄腫の細胞が末梢血のなかにも出てきた状態で見つかります。これを、形質細胞性白血病と呼びます。診断された時からそういう状態のものを、原発性形質細胞性白血病というふうに呼びます。

迫田：拓野くんの場合は、今から二年前の二〇一六年の一月に、定期的に通っていた病院の血液検査で異常値を指摘されたということで、ご自身ではあまり症状を訴えていなかったと聞きました。

塚田：そうなんです。実は、多発性骨髄腫という病気は、いくつもの段階を経て発症するので、前段階があるといわれています。症状がないけれども、血液の異常だけ起こす「くすぶり型」という状態を経て症状が出てきます。さらに、それがかなり進行すると形質細胞性白血病という状態になるといわれています。

だから、拓野くんの場合にも、もしかしたら前段階というのがあったのかもしれません。通常の血液検査では見つからないぐらいの状態だった、ということも考えられます。

原発性形質細胞性白血病というのは、多発性骨髄腫のなかで進行した状態で見つかったもの、というふうに考えていただくとわかりやすいかもしれません。

実は多発性骨髄腫という病気は、ほとんど高齢者に発症する病気なんです。平均的には六〇歳から七〇歳ですね。四〇歳未満の多発性骨髄腫の患者さんというのは全体の〇・五パーセントしかいらっしゃいません。多発性骨髄腫全体でみると、一〇万人あたり五人程度と言われていますので、その〇・五パーセントです。若い多発性骨髄腫の患者さんというのは、それだけでとても珍しいということです。

迫田：拓野くんはまだ三〇代ですよね。

塚田：はい。ですので、若くて多発性骨髄腫になること自体が非常にまれで、さらに、形質細胞性白血病というのは多発性骨髄腫のなかの一パーセントぐらいと言われていますから、本当に、本当に、まれな病気になってしまった、ということになります。

次に、原発性の形質細胞性白血病についてお話しします。また少し難しい話になります。群馬大学の先生方が調査して、日本でどのくらい原発性形質細胞性白血病の患者さんがいるかというのを、学会で報告しています。二〇〇一年から二〇一二年まで一二年間の形質細胞性白血病の患者さんのデータを全国から集めました。

その結果、集まったのは一二年間でたったの三八例のみ。日本全体で三八例ですから、ものすごく少ない。多発性骨髄腫のなかの一パーセントぐらいにすぎなかったんです。年齢も、中央値が六四歳なので、やっぱり高齢者に多い。一番若い方は三五歳だった、ということです。

生存期間の中央値は二・八五年、二年半ちょっとの生存期間だったという調査結果です。あとは、ここ何年かで登場した新しい薬で治療された患者さんや、「自家移植」という治療を受けた患者さんは、生存期間が長かったという実態が報告されています。形質細胞性白血病は、やはり治療が難しいタイプということになります。

多発性骨髄腫という病気全体で見るとどうかと言うと、どんどん平均の生存期間が改善しています。二〇〇〇年から出てきた薬で、商品名で言うと「サレド」、一般名で言うと「サリドマイド」という薬があります。過去に薬害があって、一時期日本では使えなくなっていた薬が、多発性骨髄腫によく効くということで、今は厳しい管理のもとに使えるようになっています。

さらに、「サリドマイド」と、この薬をもとにして開発された薬「レブラミド」という薬もあります。「ベルケイド」という薬が二〇〇六年くらいから使えるようになっています。新しい薬が続々と登場して、多発性骨髄腫全体で見ると生存率が非常に良くなってきているので、お元気にされている方がたくさんいらっしゃいます。さらにそのあとに続いて、たとえば、「ポマリスト」「カイプロリス」「エムプリシティ」「ダザレックス」……。

とにかく、日本でもたくさんの薬が発売されて、今は九種類の新しい薬が使えるようになっています。ただ、それをもってしても、なかなか治癒に導くことは難しいわけで、まだまだ新しい薬はどんどん開発されています。多発性骨髄腫全体ではそんな状況ですが、形質細胞性白血病はより難しいということになります。

迫田：拓野くんは、今は入院治療中で、調子が良ければこの会場にも来ることになっていたんですが、今ちょうど、さきほど塚田先生がおっしゃっていた「サレド」というお薬も含めて七種類のお薬を使った治療をしていて、血液データの数値があまり良くないので、今日は残念ながら参加できないということです。

ただ、病室でお会いするとすごく元気です。ご病気なので、元気って言葉がいいかどうかわからないんですけれども、この間お会いした時には、本当に、ニコニコ、ニコニコとよくお話ししてくれました。食べるものもしっかり食べているようでしたし。

塚田：そうですね。今朝、私も会ってきました。

迫田：どんな様子でした？

塚田：今日の二時からコンサートがあるので本当は行きたかった、と言っていました。楽しみにしていたようです。

迫田：拓野くんに、塚田先生ってどんな先生？　って聞いたら、「なかなか、特別食にしてくれないんだよお」って（会場一同大笑い）言っていましたよ、先生。特別食というのは、普通のお食事よりも豪華なメニューなんですよね。でも、治療の過程で白血球の数が少なかったりすると、どうしても無菌食にしなければならない時期も拓野くんにはあるようですね。

塚田：無菌食というのは、治療のために白血球が少なくなったり免疫機能が落ちている人に、食事からの感染を防ぐために、加熱殺菌処理をした食事を提供することがあって、それを無菌食と言います。

迫田：先生はお食事に関しては厳しいほうですか？

塚田：まあ、そんなことはないと思います（笑）。私は、結構甘いほうなんですけれどもね（笑）。

迫田：甘いんですか？

塚田：はい、甘いほうだと思います（笑）。明日までは特別食を食べていいって、おととい言っちゃいました（会場一同大笑い）。

迫田：拓野くん、特別食解禁になったんですね。お食事のこともさることながら、私は先日、拓野くんの病室にお邪魔してとても驚いたことがあるんです。白血病の治療入院というと無菌室というのがお決まりですが、以前は、白衣を着て帽子をかぶって、それこそ完全防備みたいな格好をしないと入れませんでしたよね。しかも、ベッドの周りはビニールのカーテンで囲まれていて。

今は、そうではないんですね。拓野くんのお部屋も普通の病室のようで、ここが本当に無菌室なのかなと思って驚きました。

塚田：そうですね。拓野くんが今いる部屋、あれは無菌室です。無菌室はクリーンルームとも言いますが、特別な空調設備を使って、きれいな空気を循環させている部屋です。化学療法で白血球が極端に少なくなって、感染しやすい状態になっている患者さんに使っていただく部屋です。

迫田：帽子をかぶったりもしないんですね。もちろん、全身を覆う宇宙服のようなものを着たりもしない。

塚田：まさに、私が研修医の頃は医師も滅菌した衣類を着て、それこそ完全防備の宇宙服を着たような姿で病室に入っていました。面会の方は、患者さんの部屋には入れませんでした。

でも病室を掃除しなければなりませんから、我々研修医が掃除係をやっていたんです。患者さんも、イソジンという消毒薬のお風呂に入ってから病室に入るとか、そういう時代がかつてはありました。

今はもう、そういうことをするようにしても、感染予防という観点からは結果が変わらないという研究結果が積み重なってきて、だんだんしなくなってきました。

今の無菌室は、無菌室とはいっても、患者さんのご家族がそばまで行ってお話することができます。

迫田：拓野くんは今、広尾の日赤医療センターで療養生活を送っているんですが、二年前の一月に、地元の山梨大学医学部附属病院で形質細胞性白血病と診断されて入院、次に東京の国立国際医療研究センター病院に転院しています。

いくつかの病院でそのつど必要な治療を受けてこられているんですけど、その治療の大きな柱が「移植」ですね。先ほどのお話にもでてきた造血幹細胞、血液をつくるもとになる細胞を移植するという治療。そのことについてのお話を、塚田先生にしていただこうと思います。

■自家移植と同種移植

塚田：はい。今回、拓野くんは「同種移植」というもの受けました。多発性骨髄腫とか悪性リンパ腫では、通常は「自家移植」という治療までしか行いません。

「自家移植」というのは、名前のとおり、自分の、先ほど出てきた造血幹細胞、つまり血液のもとになる細胞をあらかじめ自分の体から取り出して、それを凍結保存しておいて、抗がん剤をたくさん使った後に造血幹細胞を戻すという治療です。

自分のものを入れるのは「自家造血幹細胞移植」、略して「自家移植」と呼びます。一方で、患者さん自身の細胞のなかにがんの細胞が混じっているリスクのある患者さんに関しては、健康なほかの人からもらった造血幹細胞を移植することがあります。それを専門的には「同種造血幹細胞移植」、略して「同種移植」と呼びます。

迫田：「同種」っていうのは、「人間」つまり「ヒト」という同じ種同士。健康なほかの人からもらう移植、という意味ですよね。

塚田：そうですね。「同種移植」のまず原則として、造血幹細胞を提供する人とそれをもらう人の間で、ＨＬＡと呼ばれる白血球の型が一致している必要があります。ＨＬＡというのはきょうだい間でも四分の一の確率でしか一致しないんです。

ですので、きょうだい間でＨＬＡが一致すれば、きょうだい間で移植ができるけれども、できなかった場合には骨髄バンクに登録したり、あとは臍帯血バンクというものを利用したりして造血幹細胞を移植することになります。

拓野くんの場合には、幸い、三人いる弟さんのうちの二人の弟さんと白血球の型であるＨＬＡが一致したので、そのうちのひとりの弟さんにドナーになってもらって「同種移植」という治療を行いました。

「同種移植」の考え方っていうのは非常にシンプルで、一度病気になってしまった畑を放射線とか抗がん剤で焼きつくして、そこに新しい種をまいて、その新しい種が芽を出して、新しい血液をつくってくれることを期待するというような考え方です。

もう一つは、この「同種移植」の大きなメリットとして期待されていることがあります。「移植片《いしょくへん》対白血病効果」と言われるものです。

提供してくれたドナーの、主にリンパ球というのは、移植された人の体のなかに入ると、ある程度居心地はよくしていてくれる、つまり仲良くしていてくれるんですけれども、患者さんの体に残っている病気の細胞を敵というふうにも見なしてくれます。その残った悪い細胞を攻

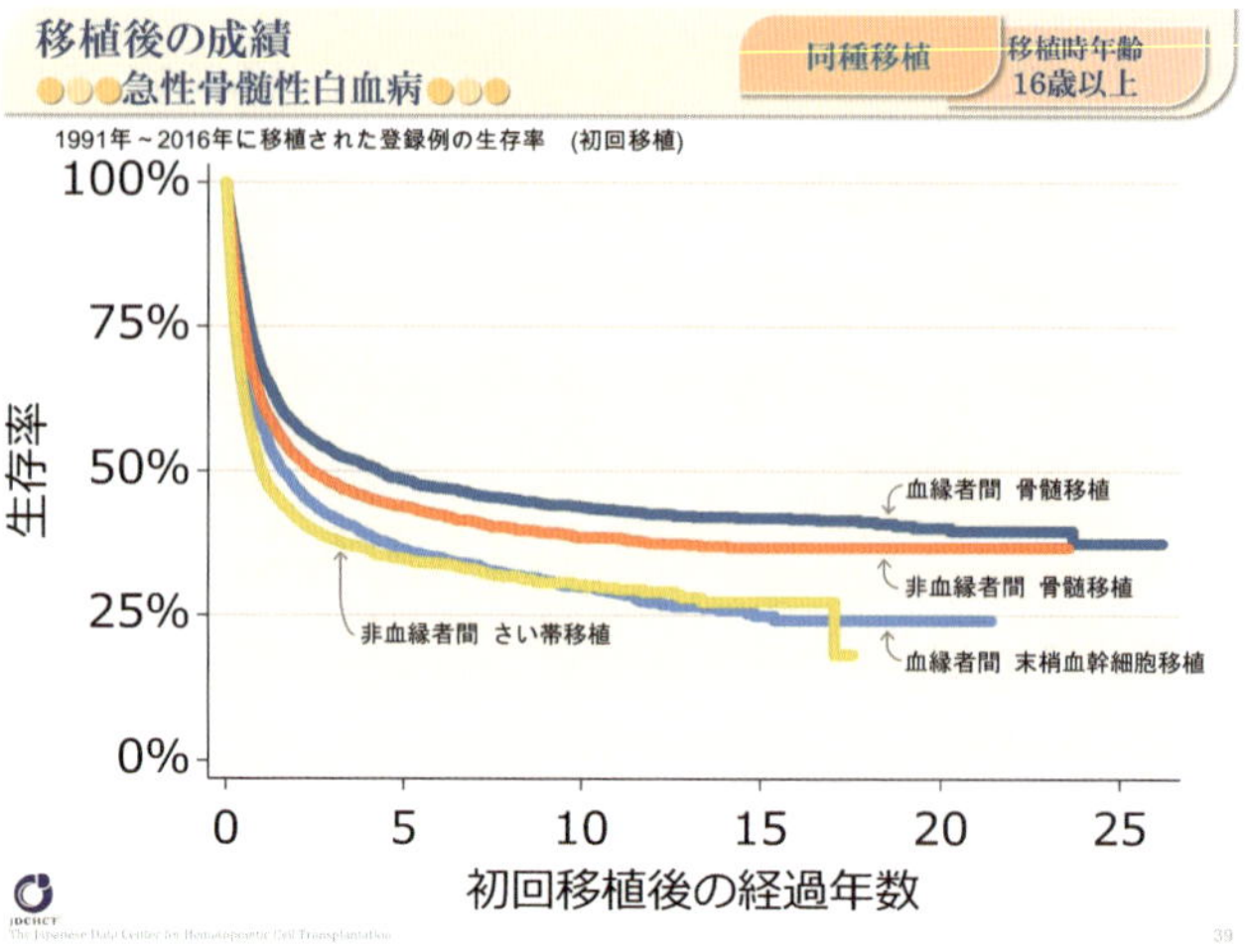

図2 一般社団法人 日本造血細胞移植データセンター
2017年度日本における造血幹細胞移植の実績

撃してくれる反応があるということが知られていて、専門的にはこれを「移植片対白血病効果」というふうに呼びます。

実は、「同種移植」を行う一番の理由というのは、この「移植片対白血病効果」、我々はGVL効果と呼びますが、このGVL効果なんです。

では、この治療をすると、白血病でどのくらいの成績かということが、日本造血細胞移植データセンターのホームページに載っています。

生存曲線は、何年くらい経ったときにどのくらいの割合の患者さんが生存されているかを示しています。ものすごく良いわけではないけれども、まあ、悪くもない。一番上の線が血縁者間、ほとんどがきょうだい間で骨髄移植した場合です。

迫田：一番上の、青い線ですね。

塚田：はい。その線をたどっていくと、一〇年でほぼ四割の方は生きていらっしゃることがわかります。この曲線が平らになっていくってことは、そのあと亡くなる方はほとんどいないということなんですね。

無効な治療であれば、だんだんと生存率が下がってしまうんですけれども、この移植という治療をすることによって、グラフはこんなふうに平らになっていきます。

ご高齢の方も入っているので、全体でみると少し治療成績は悪くなってしまうんですけれども、一般的には、若い方なら七割ぐらいの方は移植で治せるという感覚を我々は持っています。ただ、これは急性骨髄性白血病という病気の場合です。だから、形質細胞性白血病の場合には、ちょっと違ってきます。先ほど申し上げたように、形質細胞性白血病は多発性骨髄腫の一種ですが、我々の病院では多発性骨髄腫の患者さんにも「同種移植」という治療を行っています。その場合に、どのくらいうまくいっているかという治療成績のデータを見てみると、先ほどお示しした白血病に対する同種移植の成績と比べて決して良くはありません。

残念ながら、再発が多いんですね。再発してしまう患者さんが少なくなくて、無進行生存率といって、病気が再発せずに元気にしている方が五年で二割ぐらい。病気が再発してしまった人も含めて、お元気にしている方は五年で四割ぐらいです。ただ「同種移植」という治療をやることで、ほかの治療が効かなくなってきた方でもいい状態でかなり長く過ごせる可能性はある、という感触を私は持っています。この「同種移植」を多発性骨髄腫の患者さんに対して行っているのは、おそらく日本では我々の病院が一番多いと思います。とは言っても、二〇〇九年から二〇一八年で二五人。とても少ないですね。二五人のなかには拓野くんも含まれています。

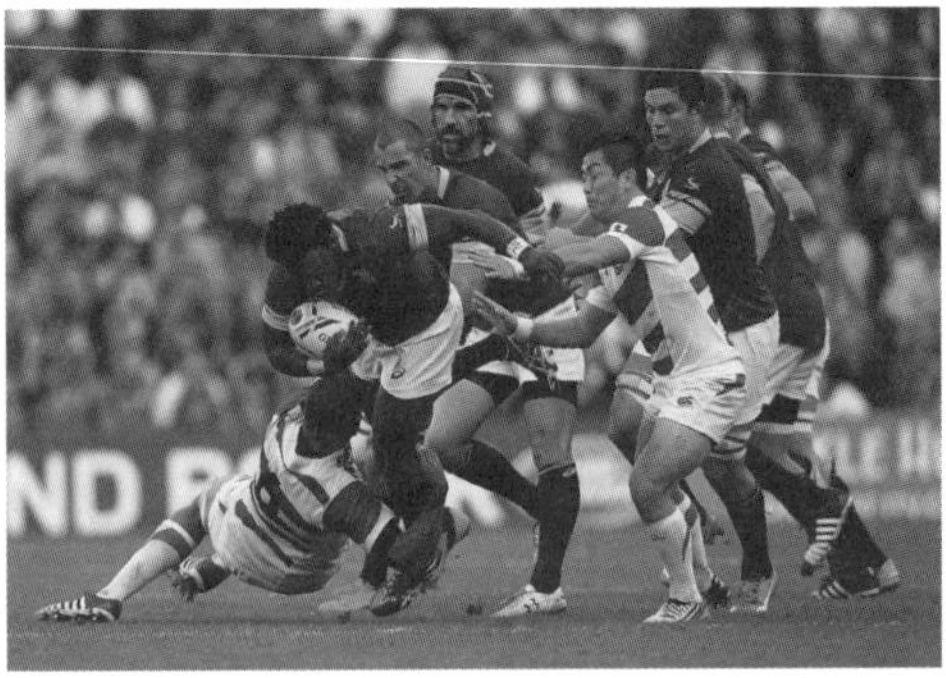

ラグビーW杯イングランド大会　日本対南アフリカ
(朝日新聞社提供)

これはちょっと余談なんですけども、私がラグビーをやっているので、ラグビーの話を少し……。二〇一五年のラグビー・ワールドカップでの、日本対南アフリカの試合のことです。日本が南アフリカに勝って、歴史的な勝利と言われたんですけど、実はこれ、まぐれじゃなかったんです。一年前、二年前からこの組み合わせは決まっていたので、南アフリカに絶対勝つという思いで準備して、そして試合に臨んで、実際に勝ったんです。

私は、形質細胞性白血病も含めて多発性骨髄腫を治す、ということを一番のテーマにしてやっているんですが、やっぱり私も、治す、治せるという思いで多発性骨髄腫という病気に対して臨んでいるところです。

迫田：ありがとうございます。拓野くんの場合、自分の造血幹細胞を事前にとっておいて、そしてそれを戻すという「自家移植」という治療を、これは国立国際医療研究センター病院で二回、二〇一六年と二〇一七年にされたと。そして、いまご説明いただいた「同種移植」。それは、弟さんがドナーになって、昨年されたということですよね。具体的にはどういうふうにやるものなんですか。

塚田：同種の移植のやり方っていうのは大きくは三種類あって、ひとつは一番歴史のある骨髄移植です。それから、末梢血幹細胞移植というものがだんだん増えてきて、最近は臍帯《さいたい》血移植というものができるようになってきました。臍帯血というのは赤ちゃんのへその緒のなかにある血液で、そのなかには血液のもとになる幹細胞がたくさん含まれています。

　骨髄移植っていうのは提供する方が全身麻酔を受けなきゃいけないんです。全身麻酔をして、その間に骨髄液を八〇〇ccぐらい、まあ一リットル弱ですね。そのぐらいの骨髄液を、我々血液内科医が採取するわけです。迫田さんもご存知だと思いますが……。

迫田：はい、私は以前その骨髄移植の取材したことがあるんです。腰のところにかなり大きな注射器のようなものを、ねじこむようにして入れて、そこから骨髄液を一リットル程度……。

塚田：そうなんです。それがやはり、骨髄を提供する側にはかなり負担が大きいということで、末梢血中の造血幹細胞を使うようになりました。

ドナーに白血球を増やす薬を五日間くらい注射すると、血液のもとになる幹細胞がどんどん増えて、血管、つまり末梢血のなかに出てきます。勢い余って、という感じでたくさん出てくるんですね。それを成分献血のような機械で採取することによって、今は、全身麻酔をしないで造血幹細胞を集める方法が開発されています。現在では、日本の骨髄バンクでもできます。

きょうだい間の移植では、ほとんどが末梢血幹細胞移植という方法に変わってきています。欧米では、全身麻酔での骨髄採取はもうかなり減っていて、末梢血幹細胞移植がほとんどになってきています。

迫田：実は、先生は骨髄バンクに登録されて、ドナーとして骨髄を提供されたことがおありだというふうに聞きましたが、それはどんなご経験だったのでしょうか。

塚田：もう二五年も前なので、ほぼ忘れてしまいましたけれども……。医学部の学生のときに骨髄バンクに登録していたら、ちょうど卒業試験の頃に、ドナーに選ばれたという連絡がきました。じゃあ国家試験が終わったら提供できますということで、研修医になって最初にやった仕事が骨髄を提供することでした。

迫田：提供をする側は全身麻酔だから、意識のなかでの負担というのは、基本的にはそうは大

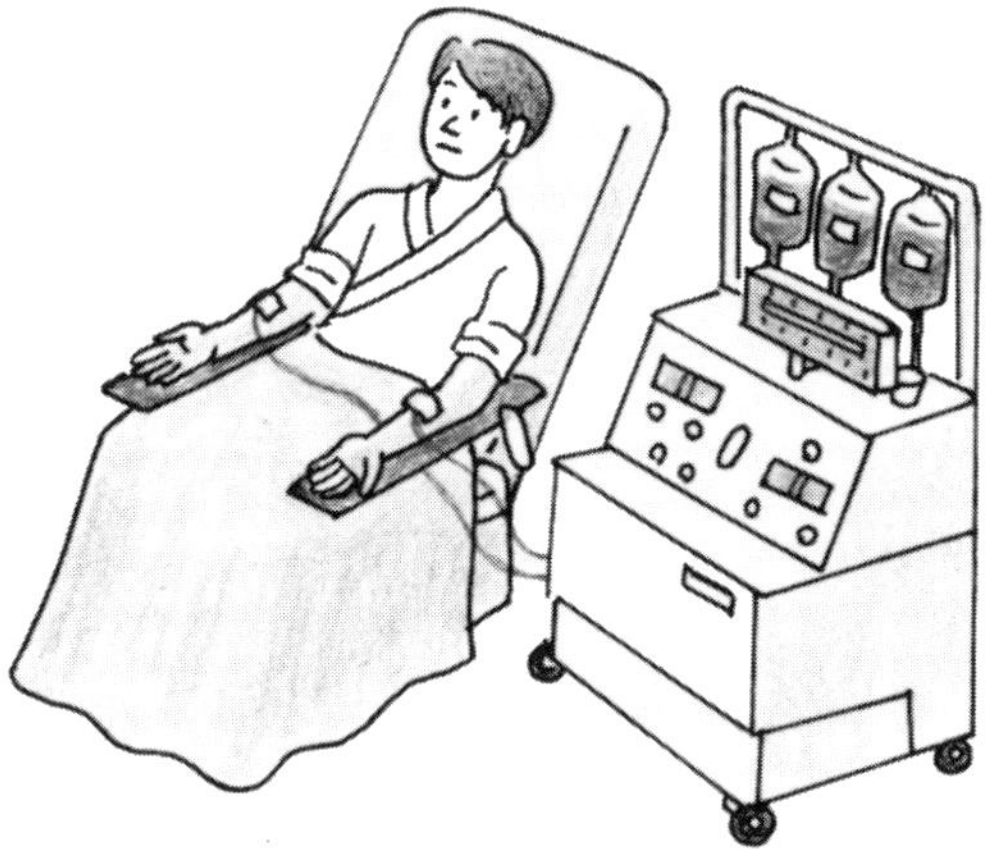

末梢血造血細胞の採取

きくないということなんでしょうか。

塚田：まったくないですね。かなり強い前処置っていうか、鎮静剤を打ってから病室を出たので、病室を出た頃からほぼ覚えていないんですよ。病室に戻ってきてベッドの上で目を覚ましたら、母親がそばにいて、自分のお昼ご飯を食べていたという（笑）、そんな思い出しか残っていませんね。

迫田：今は、先生が経験された骨髄移植よりも、拓野くんのドナーになった弟さんのように、末梢血幹細胞移植が増えているということで、基本的には腕から採るわけですね。

塚田：はい。

迫田：かなり、時間はかかりますか。

塚田：そうですね。やっぱり、血管が太い方だと三時間ぐらいで済むんですけれど、通常は四時間くらいはみなきゃいけないんです。両腕を伸ばした状態でじっとしていなければなりません。

迫田：提供されたのは、拓野くんの三人の弟さんのうちの一番下の弟の悠野《ゆうや》くん。悠野くんは、ドナーとしてどんな感じでしたか。

塚田：悠野くんは非常に好青年で、なんていうのかな、もうまったく抵抗なく非常に前向きに提供してくれました。痛みとかはあまりなかったんじゃないかな。

迫田：悠野くんってスポーツマンで、高校野球で甲子園に出たんですよね。山梨県の代表で出場して、一回は（笑）勝ったと、拓野くんが嬉しそうに話してくれました。拓野くんも甲子園まで応援に行ったと言っていました。ドナーになるのは、そういう若い健康な男性、というタイプがいいんですか。

塚田：そうですね。若い男性というのが、実はドナーとしては理想的なんですね。多少痛いことをしても痛がらないし（笑）、幹細胞はたくさん採れるし……。

迫田：血液のもとになる、大事な造血幹細胞。そもそもは骨髄にあるものが、白血球を増やす薬を使うことによって血液のなかにどんどん流れ出てきて、それを集めて採取するわけですよね。若いということ、かつ男性が最適ということでしょうか。

塚田：年齢の要因は確かにあって、若い方がいいと言われています。男女差はほとんどないと思います。ただ女性の場合は血管が意外と細かったりで、ご負担になることが多いかもしれません。

■ダウン症と形質細胞性白血病

迫田：少し話題を変えますが、拓野くんはダウン症、すなわち21トリソミーですよね。ダウン症と形質細胞性白血病というのは、直接は関係はないんでしょうか。

塚田：はい。ダウン症に関しては、形質細胞性白血病とか多発性骨髄腫に関して、何か関係があるというようなデータはありません。急性骨髄性白血病に関しては、ダウン症の方に若干発症が多いといわれています。

迫田：さきほど、とてもまれな病気だというお話もありましたし、お母さんの真理子さんにうかがったら、形質細胞性白血病というキーワードでインターネットで検索しても、あまりいい情報が見つからないので、がっかりすることはあっても、なかなか前向きな気持ちになれる材料がない、というふうなことをおっしゃっていました。

今までの治療の経過をたどって、あるいは今の拓野くんの様子から、先生はどのように見ておられますか。

塚田：そうですね、これは血液のがん全般に言えることで、多発性骨髄腫や形質細胞性白血病に限ったことではないんですが、我々はやはり治す、患者さんを治療から解放することを一番の目標にしてやっています。

拓野くんの「同種移植」については、昨年の一〇月に、セカンドオピニオンということでご相談がありました。どんな病気でも、その時々で最善の選択をしなければいけないんですが、拓野くんの場合、病気の経過からすれば、一番いい状態で「同種移植」ができたというふうに私は考えていました。

けれども、残念ながら病気の勢いが想像以上で、今年の五月、六月あたりからでしょうか、少しずつ病気が出てきてしまいました。ただ、今の治療は非常に良く効いていて、本人も元気にしているので、まず一回やって、もう少ししたら退院していただいて、次の治療に進もうというふうに考えています。

迫田：先生は、ダウン症の方でこうした治療をされるというのは、以前にもご経験がおありなんですか。

塚田：実は、はじめてなんですね。ですので、私にとっても病棟にとっても大きなチャレンジでした。やはり入院してすぐ「同種移植」というわけにはいかないと思いましたので、まず入院してもらって、化学療法をやりながらお互いの信頼関係をつくることを考えました。病棟として、拓野くんに「同種移植」ができるかどうか、という判断をしてもらうための入院を三週間ぐらいしてもらいました。

迫田：とくに何か配慮されたことなどはありますか。

塚田：最初の入院のときに私が一番気をつけたのは、まず私を覚えてもらうこと。拓野くんに覚えてもらって、警戒心を持たせないということです。できる限り、目線を合わせてお話をすることを心がけていたと思います。

迫田：やはり、自分の症状を言葉でうまく伝えられないということがありますよね。たとえば痛いときにも、本当に痛いから痛いと言っているのか、痛くないときでも痛いと言ったりしているのか、判断するのに難しさがあったと思います。その辺の難しさも含めて、拓野くんの症状とか、病状の変化などを、先生はどう読みとっておられたんでしょうか。

塚田：その時々の表情とか、食事が食べられるか食べられないかとか……。

迫田：食べること、大好きですよね（笑）。

塚田：食べるのが好きな拓野くんが食べられないときは、かなり何か辛さがあるのかなあと思いました。そうですねえ、日々接しながら、表情とか食事のとり方とか過ごし方とかを丁寧に見て、できる限りいろんな面から理解しようと努力はしたかな……。

■〝オレの命を君に預けるから宜しく〟

迫田：今日は、会場に看護師さんも来てくださっています。がん看護専門看護師でいらっしゃいます。お二人来てくださっていますが、まず、今入院している広尾の日赤医療センターの萩原夏紀さん。拓野くんのスマホの待ち受け画面は、萩原さんともう一人の看護師さんのツーショットなんです。萩原さん、拓野くんとどうやっておつき合いされていたか、お話しいただけますか。

萩原：拓野くんに写真を撮ってもらって、いつも見せてくれるので、ありがたい限りです。私自身はダウン症の方と接するのははじめてではなかったんですけれども、ダウン症の方が「同種移植」のようなかなり強力な治療をするというのは、私にとっても、そして病棟としてもはじめてのことでした。どんなふうにしたら拓野くんが安全に、そして安心できる環境で治療ができるかっていうことをみんなで一緒に考えていこうと、病棟でも話し合いをしました。

最初の入院のときから拓野くんの担当の看護師としてかかわらせていただいていますので、塚田先生と同じように、私も名前と顔を覚えてもらって、まずは何かあったら呼んでねってことにはじまって、いろいろお話をするようになっていったと思っています。拓野くんは、持ち前のキャラクターで、すぐに私とも仲良くなってくれました。今でも、次にいつ来るかを確認して、訪室を待っていてくれます。

あとは、国際医療センターでの治療経過がありましたので、どういった治療をして、治療に対してどんな反応をしたのか、何が苦手なのか、看護師にどういうことだったら伝えられるのかということを、お母様からお話を聞いたりもしました。もちろん、拓野くんご本人からも直接お話を聞きました。話を聞いていく中で、「この治療に耐えられるかな、大丈夫なんじゃないかな」

と、私には思えてきました。でも、本当に大丈夫だろうかという気持ちもありましたので、ダウン症の患者さんに多くかかわっている小児科看護師の友人にダウン症の方の看護について聞いたり、国際医療センターから看護サマリーというかたちでいただいたお手紙も確認したりしながら、当院で対応可能なのかということを病棟の医療チームで検討を重ねました。

迫田：皆さんにお配りしている、玉井真理子さんが書かれた文章のなかに、「看護師さんの手を両手でしっかりと握り、〝オレの命を君に預けるから宜しく〟と、だれかれかまわず言いまくる」というエピソードが紹介されていますが、萩原さんは言われました?

萩原：そうですね、よく言われています（笑）。

迫田：最初に言われるとびっくりしますよね。

萩原：そうですね。命を預けると言われてしまうと、なんて答えてようかなと最初は思いました。でも、ちょっと信頼してきてくれているのかなっていうように思ったりもしました。いろいろな患者さんと接していますので、それぞれの方がいろいろな表現をされます。それが拓野くんの表現の仕方なんだろうなと思って、私自身は、一緒に頑張っていこうねっていうような気持ちで、かかわらせていただいていました。

迫田：もうおひと方、今の萩原さんのお話にありました、日赤医療センターの前に入院されていた国立国際医療センターのがん看護専門看護師の千葉みゆきさんにもお越しいただきました。

千葉：国立国際医療研究センターの看護師の千葉と申します。待ち受け画面、今、萩原さんなんですか。この間まで私だったのに（一同大笑い）。ちょっとジェラシー（笑）。

玉井くんは最初の入院のときからとても人なつっこくて、看護師みんなと親しくしようとしていました。私は玉井くんと同い年の三五歳なんですけど、病棟には二〇代前半の看護師が多くて、玉井くんの人なつっこさにちょっと戸惑っていた若い看護師もいましたね。ギューっと、ハグをされるんです。それが玉井くんの愛情表現というか、親しみをこめたスキンシップなんですけどね。

でも、玉井くんのえらいところは、徐々に、そういうことをやって大丈夫な相手とそうじゃない相手っていうのをわかっていって、「やめて」っていうと、ちゃんとやめてくれるんです（笑）。そういうところを、うまーく、この看護師なら大丈夫かなっていう感じで玉井くんのほうが接してくれていたような気がします。アイドルっていうのは変かもしれませんが、うちの病棟ではみんな玉井くんのことが好きでしたね。

迫田：千葉さんも、「オレの命を預ける」って言われましたか？

千葉：「オレの命を預ける」って、言ってくれたかなあ（一同大笑い）。

私に対しては、入院して最初の頃に、「千葉さん呼んで」コールが頻繁にありましたね。私、玉井くんと同じ仙台出身で、同い年だっていうのもあって、すごく親近感を持ってくれたみたいなんです。ナースコールがあって看護師が玉井くんの部屋に行くと、「千葉さん呼んで」ってその看護師に言うんです。私は玉井くんの受け持ちの看護師じゃなかったんですけど、「千葉さん呼んで」のナースコールで、よく玉井くんに呼ばれていたので、「ちょっと待ってて」みたいなことはよくありました。

そういうナースコールは頻繁にありましたけど、命は預けられなかったかな（一同大笑い）。

迫田：この間、私が病室にうかがったときには、仙台出身ということもあってか「牛たん弁当が食べたい」、ベイスターズファンだから「シウマイ弁当が食べたい」って言ってました。名古屋に行ったときは、「味噌カツ弁当」が美味しかったらしいです。最後には「カツを食べて病気に勝つ」と言っていました（笑）。本当に楽しい病室だなって思いました。

ただ、治療となると、気持ちが悪かったり、食べられなかったり、だるかったり、痛かったり、そのほかいろいろ症状が出てきますよね。どこがどんなふうに、ここがこんなふうに、とか……そういったことはなかなか言葉での表現として出てこなかったんですか、拓野くんの場合は。

千葉：難しかったと思います。お母さんが朝早くから夜遅くまで付き添っていて、私たち看護師に、「いま拓野が言っているのはこういうことです」、「いつもと違うのはこのへんです」っていうのを教えてくださったからこそ、私たちが把握できたところもあります。

何がどう辛いか聞いても、玉井くん自身が的確に答えるということはなかなか難しかったと思います。すごくだるいんだろうなと思う状況があっても、だるいというボキャブラリーが彼のなかにはないんですね。

となると、今日は食事の量が少ないなとか、白いご飯が好きなのにそれも残しているなとか、いつもはもっと私たち看護師に声をかけてくるのに声をかけてこないなとか、そういう彼のいつもと違ったところはどこなのかなっていうのを見つけながら、かかわっていたように思います。

迫田：そういう面で、お母様の存在っていうのは非常に大きくて、しかもお仕事されながら、付き添ったり、コミュニケーションの仲介をしたりということで、お母様に対してもいろいろ思いがおありではないでしょうか。

千葉：はい、たぶんお母様なしで玉井くんはここまで来られなかった、というのが、当院だけではなくて、たぶん日赤の皆さんも思ってらっしゃることなんじゃないかと思います。

迫田：その時の主治医だった栂野《とがの》先生という、今アメリカに留学されている先生が、今日は来られないので、お手紙をくださっているそうです。それを千葉さんが読んでくださいます。

千葉：アメリカのケンタッキーに留学している栂野先生から、お母さんへのラブレターということで、預かりました。

玉井真理子様へ

コンサートを開催されるとお聞きしましたが、残念ながら出席できないために、手紙という形で参加させてください。私と拓野さんの出会いは、病院の治療担当としてかかわったことから始まりました。治療の難しい形質細胞性白血病のために、体力的にも精神的にも、辛い治療が休みなく続いていましたが、マイペースで常に前向きな拓野さんの姿勢は、私たちの不安を払拭させてくれました。本当に我慢強く頑張ってきたと思っております。たくさんのことが私の記憶にありますが、そのなかでも記憶に残っていることは、痛みを伴う処置、ＣＶカテーテルの挿入をしなければならなかったときのことです。その処置を他の先生に依頼しましたが、どうしても痛みでじっとしていることができずに、うまくいかない状況でした。一時休憩の後に、担当である私が処置を行うことになり、時間がかかって疲れていたとは思いますが、私の怪しいトークで寝てしまいました。またとないタイミングでしたので、その間に処置を難なく終えることができました。その時にびっくりしたのは、痛みがないように麻酔をしていたとはいえ、痛みがあろうタイミングでも寝息を立てていたことでした。集中力があるというのか、なんといっていいかわかりませんが、凄まじいまでの鈍感力に敬服いたしました。また、お母様との偶然的なつながりも印象的なことの一つです。話は飛びますが、一〇年以上前の大学院時代に感銘を受けた、倫理学の講義がありました。なんと、講座の齋藤有紀子先生はお母様のご友人であり、その後も倫理申請などでご迷惑をおかけしたこともありますが、学生であった私のことを覚えてくださっていたと、お母様伝いにお聞きしました。世のなかには、いろいろな偶然がありますが、このお話を聞いたときは嬉しかったです。難しい病気ですので、これからも病気に向き合い続けなければいけないところが辛いところです。現在、私は拓野さんの頑張りを直接支える立場ではありませんが、拓野さんから教えていただいたことはたくさんあり、感謝しております。これからも今までの調子で、困難を乗り越えてほしいと思っております。

国立国際医療研究センター　血液内科　梅野富輝

以上です。

■患者さんとの信頼関係とチーム医療

迫田：ありがとうございました。拓野さんに、梅野先生からのお手紙があるらしいよ、っていう話をしたら、「ケンタッキーに行きたい」「本場のフライドチキンを食べるんだ」と（笑）、ニコニコして話してらっしゃいました。

今の梅野先生のお手紙や、国際医療研究センター時代のお話を聞かれたり、あるいは看護師さんたちのお話を聞かれて、塚田先生は今、何か思われることはありますか。

塚田：そうですね。実際かかわってみて思うのは、おそらく拓野くんは、我々の表情を、我々が思っている以上に観察していて、この人には話せばわかってもらえるとか、もらえないとかっていうのをすごくよく見ているんですね。できる限り何でも話してもらえるような関係をつくる、コミュニケーションをつくっていくっていうのは、すごく大事だと思います。

これは、ダウン症の患者さんに限らないことであって、どんな患者さんであっても、話しやすい関係をつくるっていうのは、やはり非常に大事です。そういうなかでこそ、我々は治療が進められているんだと思うし、たくさんのことを勉強させていただいていると思っています。

迫田：治療というのは、薬だったり、さきほどご紹介してくださった移植だったり、医学的には方法としていろいろあるにしても、患者の側にも、日々症状が変わったり、薬が効いていないと感じたり、いろいろな事情がありますよね。

それを言葉では正確に伝えられなくて、でも微妙に表情にあらわれたりする。そういうときには、患者さんとの信頼関係だったり、コミュニケーションがスムーズにいっているかどうかだったりが大事になってきますよね。それは、治療成績にもかかわってきますか。

塚田：データにはならないかもしれないけれども、私はあると思うんですよね。そういうことを、実はこの場で若い医者に伝えたい（笑）。最近の若い医者はコミュニケーションが下手になっているな、と感じます。私が歳をとったという証拠なのかもしれませんけれども……。

患者さんのデータを見ることももちろん大事ですけれども、コミュニケーションをしっかりとりながら、患者さんのその時々の症状や表情を見ながら、何をするべきなのか、どこまで治療をするべきなのかをきちんと考えてほしいと思います。

拓野くんの場合、果たしてどこまで強い治療をやるべきなのか、という難問がありました。お母様もすごく悩まれました。「同種移植」というのは決して楽な治療ではありませんので、そういう辛い治療を受けさせていいのかということは、お母様が一番悩まれたと思うんです。

そこで拓野くんが我々に話してくれたのは、「作業所にまた行きたい」ということ。それが、我々が治療を前に進めるときの一番のきっかけというか、モチベーションになりました。拓野くんにとっても、それが大きな目標でした。そして一度は、実際にそれを実現させてあげることができました。

なので、拓野くんがなんとかもう一度、これまで通っていた作業所の仲間のところにもどっていけたらいいなと思います。それに、好きなところに行きたいっていうのも、ずっと言っていました。それを実現させてあげられるように、我々も頑張っていきたいと思っています。

迫田：今日、会場の皆さんにお配りしているクッキーですが、拓野くんが通っている福祉作業所「ゆうき工房」でつくられたものです。拓野くんの仲間がつくりました。拓野くんによれば、とっても美味しいそうですよ。

弟さんにドナーになってもらって昨年の一一月に「同種移植」を受けたあと、今年の一月に退院して、「ゆうき工房」に通って拓野くんなりの仕事をしていた時期もあったんですが、また今年ちょっと調子が悪くなって今は入院中。けれど、もうじきまた退院できることになるんでしょうか。

塚田：はい。それを目指しています。

迫田：塚田先生は先ほど、若いお医者さんに言いたいっておっしゃいましたけれど、そういう意味では、スタッフの皆さんとのコミュニケーション、お医者さん同士のコミュニケーションも大事ということでしょうか。

塚田：チーム医療というものを、この場を借りてお話しさせていただこうと思います。実はこういうことって、医学教育のなかではあまり教わらないんですよね。なので、今日は若い医者に伝えたいことばっかりなんです。

たとえば私は、「治ります」とは言わないようにしています。「失敗しませんから」とも絶対言いません（笑）。

そうではなくて、私は「治しましょう」と言います。というのは、やっぱり、患者さんにもやってもらわなきゃいけないことがあるし、最終的には、我々ではなく患者さんの側に判断してもらわなきゃいけないこともあると思うからです。

なので「治しましょう」という声かけをするようにしています。「治ります」、「失敗しません」とは言いません。

それから、意外と大事なのが、治療開始の時点でゴールというものをきちんとつくっておくことですね。血液がんのなかには、もちろん治る病気もたくさんあるので、そういった患者さんとっては、ゴールは治すことだと思っています。

ただ、場合によっては治せない病気もあります。そういう状況のときには、まずはおうちに帰ることを目標にしましょうというような、具体的なゴールを患者さんと相談します。

最近の若い先生たちはみんな、電子カルテにはりついているんですね。患者を診ないで、データを見ている。私は、データを見るのも大事だけど、まず病棟に行って直接患者さんを診なさいって言うんですけども、なかなか……。病室で患者さんに会って、具合が悪いんだろうなって感じたら、じゃあ早めにいろんな検査をしようっていうふうに、本来はそういう考え方で診なきゃいけないと思います。

でも、このあたりに関しては、うちの病棟の看護師は非常に優秀で、我々医師が行く前に、患者さんは今こうこうこんな状況ですって、きちんと伝えてくれます。そういう非常に優秀なスタッフがいるので助かっています。

ただ、外来ではですね、患者さんを診る前に我々は検査データをしっかり確認します。というのは、患者さんが診察室に入ってきてからデータ見て、そのデータがあまりよくないデータだったとして、我々医師がものすごく暗い顔をしていたら、患者さんを不安にさせちゃうわけですよね。

やはり、最初にデータをよく確認しておいて、これは大丈夫だとか順調だとか、逆に悪いデータのときには、どういうふうに話をもっていくかということを事前に考えてから、患者さんを診察室に呼ぶというふうなことをしています。

先ほども言いましたが、病棟でも外来でも患者さんが話しやすい雰囲気をつくることは、非常に大事です。とくに目線を合わせて話しをするってことですね。

これは私が研修医の頃のオーベン、つまり直属の上司に学んだことなんですけれども、ベッドの上で体を起こせない患者さんのときには、自分がしゃがんで目線を合わせる。言葉のかけかたにしても、「変わりありませんか」って言われたら、患者さんは「はい」って言わなきゃいけなくなっちゃうので、「今日どうかな」っていうような開放型の問いかけをするっていうこと。

患者さんとスタッフが同じベクトルで、それぞれの力を発揮できれば、うまくいかないような治療も、もしかしたらうまくいくかもしれない。だから、コミュニケーション能力だとか、いろんなことが治療の成功にはかかわっていると思います。

チーム医療というものを、患者さんを中心にすえて考えれば、患者さんがまんなかにいて、医療スタッフ、ご家族、そして、今回拓野くんが受けた「同種移植」という治療ではドナーの存在も近くにいます。

みんながただ仲良くすればいいっていうものではなくて、それぞれのスタッフが責任を果たすことが必要です。協力ももちろん必要だけれど、自分の仕事を責任をもってやること。他のスタッフを信頼して、自分の専門に関しては自信をもってやるということですね。

周りのスタッフ、そして患者さんやご家族にも敬意をもって対応するとか、そういった様々な要素でチーム医療が成り立っているというふうに私は考えています。

もう一つ大事なのは、勇気です。勇気を与えること。患者さんに勇気を与えることもそうだし、スタッフに対して勇気を与えることも重要だと思います。そのためのリーダーシップは、我々医師がやることにはなるとは思いますけれども、そんな思いで、我々はチーム医療に臨んでいます。

迫田：さっきのラグビーの話じゃありませんけれども、治る、治す、治しましょうっていう、その目標を皆で共有するわけですね。

塚田：はい、そうです。

■家族や友人の役割

迫田：今、チーム医療のお話がありましたけど、じゃあ今ここに集っている私を含めて、家族や友人たちは、どういうようなことができるんでしょうか。どう支え、どういうことをしていったらいいんでしょうか。

塚田：うーん、難しいですね。ただ、我々の血液内科の領域でいえば、ひとつは、骨髄バンクとか、そういったものの存在は誰にでも知っておいてほしい。登録していただく必要は必ずしもないと思うんですが……。

骨髄バンクに対して理解を示していただいて、移植という方法で治る方がたくさんいらっしゃるんだということを、ぜひ知っていただきたい。理解していただくことがまず、最初かなと思います。

迫田：ドナーになった方が、たとえば仕事をお休みされるとか、そういうことに対して理解をするだけでもだいぶ違う。

塚田：そうですね。まさに、そのとおりだと思います。

迫田：あとは、家族や友人のさらにそのまわりにいる人たちですね。どういうような声かけだったり、どういうような眼差しだったり……。

塚田：うーん、今、かなり難しい病気も治るような時代になってきたし……。あまり特別にいたわるような声かけよりは、「おかえり」みたいにごく自然に声をかけるとか、そういったことが大事なのかなあと思っています。

迫田：私も、玉井真理子さんから今日の依頼があったときに、非常にまれで難しい、治療法が確立されていない病気で、しかも再々発という言葉を使われていたので、ご本人はどんな状態なんだろうと思ったんです。でも実際、拓野くんにお会いしたら、どうしたらいいかわからない気持ちっていうのは、あっという間に消えました。

同じベイスターズファンとして、好きな選手がだれかとかで盛り上がっちゃいまして（笑）。そういう日常の感覚のなかで、最善の治療とか最善の環境が整っていくことって大事だなあって、拓野くんがいる日赤の病室を見て思いました。

塚田：はい、そうですね。なんていうんでしょうね、私もできる限り、病気の話だけするんじゃなくて、たとえば、ちょっと余裕があれば病気に関係ない話をしたりとかすることもあります。拓野くんと話をしていると、結構長くなっちゃうんですけども、できるだけ時間をつくってお話しするようにしています。

患者さんも、病気の話だけしたいわけではなくて、やっぱり、退院してからのことも含めていろいろ考えておられて、一人の人として治療を受けているわけですから。病気だけ診るんではなくて、人として我々もかかわっていきたいな、と。

迫田：専門的な知識が求められるところは、その領域のプロフェッショナルである専門家にお任せして、その他の部分でできることを、私たちがやったりすることが大事なのかなと思いま

向かって左から千葉さん、萩原さん、塚田先生、迫田さん

す。今日はこうやって、会場にはたくさんの皆さんが集まってくださっています。

一時間、あっという間に時間が過ぎてしまいました。今の拓野くんの主治医で、今日お忙しいなか来てくださった塚田信弘先生、ご発言いただいたがん看護専門看護師の千葉みゆきさんと萩原夏紀さん、会場にお集まりの皆さま、ありがとうございました。

＊＊＊

トーク&ミニコンサート前半のトークの部分の記録はここまでですが、会場まで足を運んでくださった皆さんに配った私の拙い文章がありますので、載せておきます。

皆様

本日はお集まりくださいまして、ありがとうございます。トークの補足として、息子、拓《たく》野《や》のあれこれを少しまとめてみました。ご参考になれば幸いです。

★拓野の生い立ち：男ばかり四人兄弟の長男。仙台生まれ。生後五か月から保育園に通い、小学校は普通学級、中学校は特殊学級（支援学級）、高校は養護学校（支援学校）。学校卒業後は、いわゆる福祉作業所に通い軽作業に従事。ダウン症というだけで心疾患などの合併もなく、盲腸（虫垂炎）と骨折の経験があるくらいで、風邪もめったにひかず、「医者いらず」。しかし、一五五センチ＆七〇キロという肥満だけが（母であるわたしの）悩みのタネ。

★病気の経過：二〇一六年一月、肥満のために定期的に通っていた山梨大学病院での血液検査で異常値を指摘されたのをきっかけに、今回の「形質細胞性白血病（多発性骨髄腫のなかの特殊なタイプ）」であると診断される。入院して即抗がん剤治療開始。その後、造血幹細胞の自家移植（血液を造る細胞を自分の体から採って移植する）という治療を受けるために東京の国際医療研究センター病院に転院。二〇一六年八月に自家移植。退院して元気に過ごしていたものの、半年後（二〇一七年二月）に再発が判明。再度自家移植を受けるために、再び国際医療研究センター病院に入院して二回目の自家移植（二〇一七年七月）。続けて、今度はドナーから造血幹細胞をもらって移植する同種移植という、さらに強力な、しかしリスクの高い治療をうけるために日赤医療センターに転院。弟（四男）にドナーになってもらって同種移植（二〇一七年一一月）。命がけの治療を何とか乗り越えて退院し、福祉作業所にも復帰。通院のみで元気にしていたが、二〇一八年五月に再発の兆候が見られ、治療再開するも病気の勢いをコントロールできず、発熱や歩行困難も出現し、さらに強力な、薬を七つも使うという治療のために現在は日赤医療センターに入院中（二〇一八年八月八日より）。

★知的障害者のがん闘病：ダウン症で知的障害のある息子の拓野は、症状を言葉で訴えられない。彼の語彙の中に「だるい」はないので、薬の副作用で起きる倦怠感を訴えられない。痛みの種類や程度をあらわす言葉も持っていないので、体に起きている違和感はすべて「痛い」になる。加えてダウン症特有のひとなつこさ。看護師さんに相手にしてもらうのが何よりも好き。点滴台を押して病棟の廊下をスタスタ歩いていたはずなのに、途中で看護師さんに声をかけてもらったとたん「痛い、痛い」。逆もある。病室でさかんに痛みを訴えるのでナースコールすると、登場した看護師さんと握手をして「きれいな顔見たからもう治った」

と。そもそも「形質細胞性白血病」は多発性骨髄腫のなかで最も病気の勢いがよく、いわゆる予後不良疾患。そんなことを理解できるはずもない息子は、看護師さんの手を両手でしっかりと握り「オレの命を君に預けるからよろしく」と、誰かれかまわず言いまくる。本当に命がけの治療をしている患者がそう言うと、まったくシャレにならない。いずれにしても、看護師さんの手は魔法の手。

★知的障害のあるがん患者の自宅療養：病気そのもののため、そして治療のために、いわゆる免疫機能が落ちているがん患者。感染が命取りになることもあるがん患者。身辺を清潔に保つことは至上命令に近い。拓野にはそれができない。手を洗わない、歯を磨かない、床に落ちたものでも食べる。見守りと声かけが必要。逆に、見守りと声かけさえあれば、なんとかなる。しかし、息子は知的障害の程度で言うと「重度」ではないので、必要なのに利用できない福祉サービスがある。「ダウン症と形質細胞性白血病の合わせ技」というのは通用しない。日中誰もいない家の中での息子の毎日の留守番は、感染の危険と隣り合わせ。週に三回来てくれる訪問看護師さんが、まさに命綱。ヘルパーさんは自費で依頼。私は仕事を続けられるかどうか綱渡り。制度のスキマに見事に落っこちている感満載。

そんなこんなで、もっと、この「形質細胞性白血病」という、きわめてまれな病気の存在をひとりでも多くのかたに知っていただくとともに、知的障害者のがん闘病についても、心にとどめておいていただくきっかけになれば幸いと思い、このイベントを思い立った次第です。展示してある写真は姫崎由美さんの作品、動画は山崎百花《もか》さんの作品です。クッキーは息子が通う福祉施設「ゆうき工房」の仲間がつくりました。

企画・運営をオフィス・マキナさんにすっかりおまかせすることができて、本当に感謝！

＊＊＊

謝辞

トーク部分の文字起こしをするにあたり、遺伝カウンセラーを目指して大学院で勉強中の佐々木亜希子さんと佐久彰子さんに大変お世話になりました。専門用語も含めて正確に文字に起こすという骨の折れる作業を引き受けてくださったお二人に、あらためて感謝いたします。

2018 年 9 月 2 日撮影（病室にて）

形質細胞性白血病とはなんぞや？

わかるようになってしまった人には、わからないでいる人のわからなさがわからない。わたしは、形質細胞性白血病というものについて、わかったような、わからないような、中途半端ここに極まれり、という実に情けないままでいる。

息子の拓野は形質細胞性白血病と診断されている。形質細胞性白血病という表記と形質細胞白血病という二通りの表記があるようだが、原語はPlasma《プラズマ》 Cell《セル》 Leukemia《ロイケミア》で、ＰＣＬと略される。原発性の形質細胞性白血病と、二次性のそれがあるという。息子は前者つまり、病気が見つかったときから形質細胞性白血病の診断基準を満たしていたので、原発性ということになる。英語で言うと、Primary《プライマリー》 Plasma Cell Leukemiaである。

形質細胞性白血病は、血液のがんの一種である。大きなくくりで言うと、がん。その中の血液のがん。血液のがんは大きく三つに分類され、三大血液がんと呼ばれる。

白血病、リンパ腫、多発性骨髄腫。

日本人は、ナン大ナンチャラがどうしてこうも好きなのだろう。

後学のために五大がんとは？　肺がん、胃がん、大腸がん、肝がん、乳がんだそうだ。

それはともかく形質細胞性白血病は、名前としては白血病なのに、血液がんの三つの分類で言えば、白血病に分類されるのかと思いきやそうではない。多発性骨髄腫という病気の仲間で、その特殊なタイプだという。

骨髄腫なのに、白血病。ややこしいこと、この上なし。こっちはしろうとなんだから勘弁してくれ！　と叫びたい。

もっとも拓野は、「セッケツビョウ」などと、新しい疾患概念を勝手に作り出して、医学界に殴り込みをかけている。彼の果敢なる挑戦はあっぱれだが、笑うしかない。

多発性骨髄腫という病気の名前を、わたしは知らないわけではなかった。サリドマイドという薬が多発性骨髄腫には効くのに、過去に薬害をもたらした歴史があるために個人輸入に頼るしかなかった時代があったが、ある時期から厳しい管理を条件に国内での使用が公に認められた。そういった社会問題の報道の中で聞いたことがある病気の名前が、今思い返すと多発性骨髄腫だった。

だが、どんな病気かは知らなかった。やたら画数が多い病名だなというのが、漢字が苦手なわたしの、ひんしゅくを買うような印象だった。闘病の過程で、息子は何度も骨髄の検査を受けたが、わたしはいまだに骨髄の「髄」の字を正しく書くことができない。息子の病気を診断してくださったきれいな女医さんが、お姿同様のきれいな字で「髄」の字をサラサラと書いていたことが忘れられない。

さて多発性骨髄腫。骨髄、つまり骨の中心部の髄という部分は、そこで血液が造られるのでよく血液製造工場にたとえられるらしい。わたしは工場というとベルトコンベアが思い浮かんでしまうので、それはそれでステレオタイプと思いつつ、どうもこの工場のたとえがしっくりこないのだが、まあそこにこだわるのはよそう。

骨の髄？　骨の髄まで性根が腐っている、などという言い方がある。ブタの大腿骨はそのまま輪切りにして焼いて、髄の部分をスプーンですくって食べると、プルプルした触感なのだそうだ。骨髄食という食文化まであるというのだから世界はなんて広いのだろう。「骨まで愛して」という流行歌のフレーズがあったが、そういえばあれは骨であってなぜ骨の髄ではなかったのだろう。

骨まで愛してくれる人がいでもいなくても、悲しいかな、人はときに血液のがんになる。血液と言っても、白血球、赤血球、血小板くらいしか知らなかったわたしは、血液の分化の図を見てのけぞった。血液を造るもとになる細胞である造血幹細胞から変身して、そしてまた変身して実に様々な姿になる。妖怪七変化、大和撫子七変化、血液七変化……いやはや、それどころではない。

血液……いったいどこまで奥が深いのだ！　あなどるべからず血液。なめてはいけない血液。そういえば昔、専門は血液学とおっしゃる先生に会ったときに、たかが血液がなぜ学問になるのかピンとこなかったが、血液様おそれいりました。

ウィルスやら細菌やら、その他モロモロ……要するに体にとってよろしくないものが入ってくると、白血球の一種であるリンパ球のうちのB細胞は形質細胞というものに変身し、さらに抗体というものを作ってわたしたちを守ってくれる。なんとありがたい形質細胞。

そんなにありがたい形質細胞なのに、実にカゲがうすい。普段はしかるべきところに待機していて、いざというときに変身して（と言っても、仮面ライダーではないので元の姿には戻らない）臨戦態勢に入る。なんと謙虚な形質細胞。

多発性骨髄腫とは、この形質細胞に重大な異変がおきてしまった状態で、はからずもこうした残念な状態になってしまった形質細胞は、たいていは骨髄の中にいるのだけれど、形質細胞性白血病というのは、それらの細胞が多すぎるのか、勢いがよすぎるのか、骨の外にまで出てきてしまったという残念きわまりない状態らしい。

形質細胞がつくる抗体は免疫グロブリンというたんぱく質なのだが、たんぱく質といっても肉・魚・豆・卵とかではなく、果たしてなんぞや？　という話までくると、わたしにはもう限界。抗原抗体反応って、高校の生物で習ったっけ？　試験で「抗原」を「高原」と書いてバツくらっていたクラスメイトがいたような、いないような。

しろうとのしろうとによるしろうとのための形質細胞性白血病講座はこのへんにしておこう。息子の病気に付き合い始めてから三年以上たち、コミック『はたらく細胞』で勉強もしたのに、頭のなかは依然としてはてなマークのオンパレード。ざっくりまとめると……。

・形質細胞性白血病は多発性骨髄腫の特殊タイプである。

・免疫機能をつかさどっている形質細胞のがんである。

これ以上自力での説明を試みると墓穴を掘ること間違いなしなので、ご勘弁いただきたい。と言いつつ、勉強したことがない人が勉強すると中途半端な知識をついつい披露したくなるので、もう少しだけ。

英語の論文を検索してみると、論文の題にPlasma《プラズマ》 Cell《セル》 Leukemia《ロイケミア》（形質細胞性白血病）が含まれているものは少ない。見事なまでに少ないのだ。そして、それら希少価値のある文献に必ずと言ってもいいくらい入っているのが、rare《レア》（珍しい）とaggressive《アグレッシブ》（攻撃的）である。この場合のaggressive《アグレッシブ》は、攻撃的というより病気の勢いがよすぎてコントロールが難しいという意味だろう。

ちなみに、白血病は夭逝《ようせい》するヒロインの象徴として、しばしば小説や映画で描かれる。セカチュウ（『世界の中心で愛を叫ぶ』）しかり、世代がばれるが、かつての人気テレビドラマ赤いシリーズの『赤い疑惑』しかり、さらにさかのぼれば『ある愛の歌』という名作映画もあった。

他方、多発性骨髄腫が登場する作品は少ない。比較的最近の映画で言えば、『素晴らしきかな、人生』で脇をかためる登場人物の一人は、一六歳で発病し二五歳で再発、わが子が生まれる二週間前に再々発がわかるという設定。圧倒的に高齢者に多い多発性骨髄腫なのに、珍しくかなり若い頃に発症している。

テレビドラマの『白い影』の主人公も多発性骨髄腫で、こちらも三七歳と若い（発症は二〇代？）。ドラマの中で多発性骨髄腫（Multiple Myeloma）はMMと略されているが、歌手で俳優の中居正広が直江庸介というニヒルな主役を演じて話題になったので、両方の頭文字をとって『白い影』ファンをNNと呼ぶらしい。

形質細胞性白血病が登場する小説や映画を、わたしはまだ知らない。

■参考

多発性骨髄腫に関しては、セルジーン社が編集しているサイト「こつずいしゅ通信」（https://www.kotsuzuishu.jp/）にわかりやすくまとめられている。一部を抜粋して紹介しておく。

多発性骨髄腫とは、本来、異物から私たちの体を守ってくれている細胞ががん化してしまい、さまざまな症状を引き起こす病気です。

私たちの体（骨の中）には〝骨髄〟と呼ばれる血液の工場があり、ここで血液がつくられます。血液の中には赤血球や血小板、白血球などの細胞が含まれています。白血球はまるで軍隊のような細胞で、体の中に入ってきた異物（細菌やウイルスなどの病原体）と闘って、私たちの体を守ってくれています。白血球はさらに、いくつかの働きをもつ細胞に分類されますが、なかでも重要なのは〝Bリンパ球〟という細胞です。

体の中に異物が入ってくると、Bリンパ球は〝形質細胞〟に形を変え、〝抗体〟という蛋白質をつくって異物を攻撃する役目をもちます。

多発性骨髄腫は、この形質細胞に異常が起こる病気です。形質細胞に異常が起こると、悪さをするようになります。異常が起こった形質細胞を〝骨髄腫細胞〟と呼びますが、骨髄腫細胞は、異物を攻撃する力をもった抗体をつくることができず、その代わりに役に立たない抗体（これを〝M蛋白〟と言います）だけをつくり続けます。M蛋白が体内に増え続けると、さまざまな悪い症状を引き起こすようになります。それと同時に、がん化した骨髄腫細胞も骨髄中でどんどん増えていきますので、いろいろな障害をもたらすようになります。

さらに多発性骨髄腫に関しては、次のような冊子も発行されており、これらのなかにわずかに形質細胞性白血病についても言及されている（いずれも最終アクセスは二〇一九年三月末日）。

●がん情報センター

https://ganjoho.jp/data/public/qa_links/brochure/odjrh3000000ul0l-att/132.pdf

●キャンサーネットジャパン

https://www.cancernet.jp/kotsuzuisyu

●国際骨髄腫財団

https://www.myeloma.org/sites/default/files/resource/ja-phb.pdf

●セルジーン

https://www.kotsuzuishu.jp/download/booklet_MM.pdf

謝辞

形質細胞性白血病についてわたしなりに理解したところを、少なくとも大間違いでないレベルでまとめるにあたって、看護学生の池内彩乃さんと中谷碧さんにお世話になりました。優秀な二人は内科学の授業で習ったことをもとにして、できの悪いわたしに根気よく血液のがんや血液の分化について教えてくれ、最後は「そこまでわかればいいんじゃないでしょうか」と、わたしは下駄を何段にもはかせてもらって、かろうじてふたりから合格点をもらうことができました。

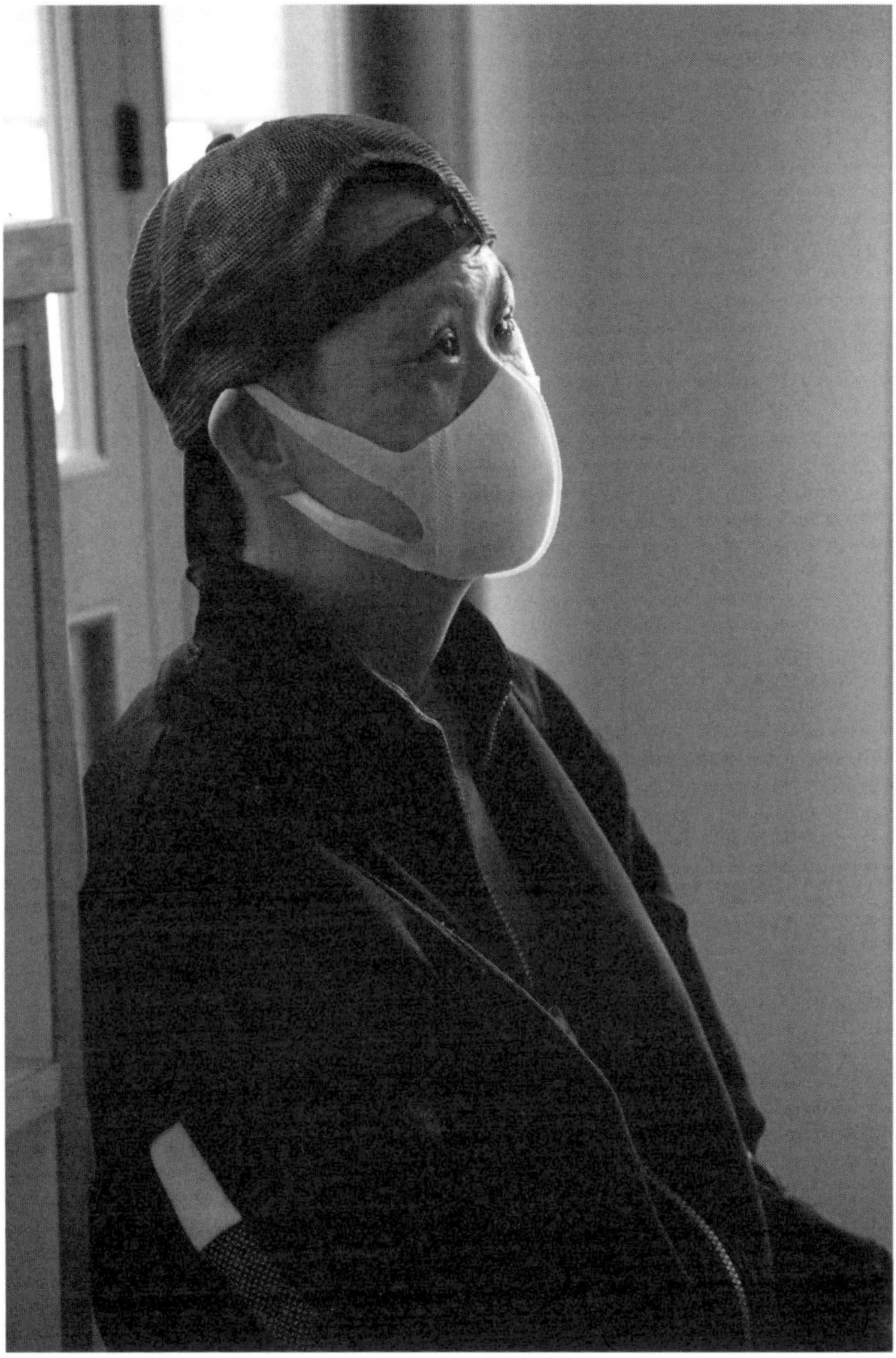

撮影＝姫崎由美

第3部

なんとかなるさ

——四人の息子と子育て・仕事

この一二編の子育てエッセイは、二〇一〇五年四月から翌二〇一六年三月まで毎月一回、信濃毎日新聞にコラムとして連載させていただいたものに、若干の手を加えたものである。

内容は当時のものなので、それぞれの息子たちをめぐっては、それぞれにまた新しい生活が展開されている。

長男が二〇一六年のはじめに形質細胞性白血病（多発性骨髄腫の一種）という治療が難しい病気であることがわかり、わたしは連載を一年でお断りすることになった。長男の病気がわかったエピソードで連載を終了することになったので、本書執筆にあたり、番外編を四編追加してみた。

長男の病気は命にかかわる病気で、この先治るということはない。三人の弟たちがそのことをどう受けとめているのか、わたしにはわからない。わからないけれど、わからないままでいい。男ばかりの四人きょうだい。それはこれからも変わることはない。

1　叱った子どもが成人――親なんて割に合わない

同世代の友人が言う。「電車の中で騒いでいる子どもをうるさいって叱ってるお母さんがいるけど、はっきり言って、子どもよりも、子どもを叱るお母さんの声の方がうるさいのよねえ」と。確かに……。わたしも似たようなことをしばしば経験する。

三人の子どもを育てたその友人は、自分もそうだったかもと笑う。わたしも、今はみんな成人している四人の息子たちと、日々これ格闘!? という日常を過ごしていたころ、周囲の迷惑を顧みず大声で怒鳴っていたものだ。

いや、周囲の迷惑を顧みずというのは正確ではない。エスカレートして最終的には怒鳴り声になってしまったものの、そもそもは子どもたちの騒ぎ声が周囲に迷惑だろうと思うから叱ったのだ。周囲の人に迷惑をかけても平気でいられるような大人になってほしくなかったからこそ、注意したのだ。何しろわが家は男の子ばかり四人。騒ぎはじめるとその声は半端ではない。

しかし今振り返ってみると、そのときのわたしの中にあったのは、子どもたちの声が周囲の迷惑になっているので何とかやめさせなければ、という思いだけではない。騒ぐ子どもたちを放っておいて何もしない母親だ、と思われたくなかったのだ。自分に対する周囲のまなざしがこわかっただけのこと。

今思うと、周囲の人のことよりも、子どもたちの将来よりも、自分のことが優先だったのだとわかる。でもそのときは気づかなかった。周囲の人のため、そして子どもをまともな大人にするため、心を鬼にしてでもきちんと叱ることが必要と信じていた。結果、鬼になっているのはわたしの顔だけ。髪を振り乱し口から泡を飛ばすという無様《ぶざま》なありさまで、自分の怒鳴り声で周囲に迷惑をかけていたのだろう。

新幹線の中で「これ以上騒いだら途中で降ろすよ」と子どもたちを脅したこともあるが、「お母さん勝手に新幹線を停車させないでね」と周囲の失笑を買っていたに違いない。逆に、君たちを置いてママ（わたし）が降りてやる！　と息巻いたときは「オレたちだけでおばあちゃんち行くからいいもん」と反撃された。寝たふりしていたら、ご丁寧に「オレたちがうるさいから、ママはまた寝たふりしている」と実況された。おまえたちはテレビレポーターか、まったく！

そしてときは流れ……。成人した息子たちは、一緒に電車に乗る機会すらほとんどなくなり、乗ったとしても口をきくこともない。先日は、隣でスマホに没頭している息子に、次で降りるからそろそろ支度しなさいと声をかけたら、「子どもじゃないんだからそのくらいわかっている」という顔でチラ見され、返事すらしてもらえなかった。

わが家は、末の息子がこの春から社会人。子どもを育て上げたと言える状況でもないが、かつてのような修羅場はひとまず通り過ぎ、小言はつぶやいても、さすがに怒鳴ることはあまりなくなった。そのかわり息子たちとの間にたいした会話もない、というちょっとさびしい日常だ。

本当に親なんて割に合わない存在だ。とはいえ、こんなわたしの体験も、いま子育てに悩む人のお役に多少は立てるのかもしれない。そんな思いから、子育ての割り切れない割の合わな

さをあらためて言葉にしてみることにした。（二〇一五年四月）

2　春からそれぞれの生活――弟たちの変化に長男は感慨

前回、末の息子がこの春から社会人だと書いた。こう言うと当然、上の三人の子たちはすでに社会人になっているのだろうと人は思うらしく、子育ても一段落ですねとうらやましがられる。物事には順序というものがあることを考えれば当然のことだし、わたしだって誰かにそう言われたら同じように反応するに違いない。

しかし、わが家は若干フクザツである。考えようによっては、若干ではないかもしれない。わが家のフクザツさについて紹介しておこう。

物事には順序があるという世間の常識にここは従って、まずは一番上の子のことから。最初の子は、わたしが大学四年のときに生まれた。夫も学生（大学院生）だったので、親に仕送りしてもらいながらの生活だった。二番目の子が生まれたとき、夫は社会人になっていたが、かわりにわたしが大学院の学生になっていた。

その後、子どもは三人、そして四人となり、わが家は六人家族となった。子どもは男の子ばかりなので、夫を含めて五人の男に囲まれて暮らすという、世に言う（言わないか？）逆ハーレム状態。

わたしはダラダラと大学院生時代を過ごし、三〇代の半ばでようやく常勤の職に就き、現在に至っている。今は大学の教員と病院での臨床心理士、両方の仕事をしている。

長男はダウン症という先天性の染色体異常をもって生まれ、知的障害がある。今は地域の福祉施設（いわゆる作業所）に通って軽作業をしている。週末はボウリング、映画、それから温泉。

二番目の息子は、親に負けないくらいの長い長い大学院生活を継続中。かろうじてこの春から非常勤の仕事をすることになったらしいが、身分としては学生であることに変わりはない。

三番目の息子はついこの間転職したばかりなのに、今度は留学すると言い出して仕事をやめた。そして今頃ニューヨーク……のはずだったのに、なぜか我が家の二階に居座ったまま。

そして最後に末の息子。今どきめずらしい四男坊であるが、この子も決してストレートに学校を出て社会人というわけでもなく、アメリカ、カナダ、スコットランドと、それぞれ短期、中期、長期の留学をして、この春からようやく働き始めた。

従って、末の息子だけがこの春からいわゆる正規雇用の社会人になったのであって、次男は依然として学生（兼非正規雇用社会人）、三男はあらためて学生になろうとしているのだ。

長男だけは変わらず穏やかに日々を楽しんでいるが、弟たちの生活の変化については、それなりの感慨があるらしい。ただ、その思いを口にしたくても、弟たちの住む場所が大きく変わってしまったので、ついていけない。

わたしと長男は、しばらくの間こんな会話を交わしていた。〇〇は東京？　そうそう、東京の品川ってところ。〇〇はイギリス？　いやいや、イギリスは〇〇が前に留学していたところ。〇〇はシウマイがおいしいところに引っ越したの？　違う違う、牛肉で有名なところ。

「なんとかなるさ」と生きてきたわたしだけに、人のことは言えないが、息子たちもおおらかというか何というか……。

順序を無視した弟たちの動きを長男が納得した頃合いを見計らって、彼と一緒に次男と四男の新天地を訪ねる旅にでも出ようかと考えている。（二〇一五年五月）

3　ダウン症の長男——作業所ライフに全力投球

わが家の長男は、ダウン症という先天的な染色体異常をもって生まれた。ダウン症は、生まれつきの「病気」と言えば「病気」なのだが、わたしはむしろ「体質」という言い方のほうがいいと思っている。

染色体の「異常」にしても、細かいところまで見れば、何が「正常」で何が「異常」なのかという線引きは実は難しい。ダウン症に関して言えば二一番目の染色体が通常二本のところ、三本ある状態なので、厳密には「異常」より「過剰」のほうが適切である。

ダウン症についてもう少し紹介しておこう。ダウン症には多くの場合、いわゆる知的障害が伴うが、必ずというわけではない。大学を出て図書館司書の資格を持ち、英語やフランス語の翻訳の仕事をしているお嬢さん。やはり大学を出て今はパティシエ修行中、国連での英語のスピーチもこなしたという青年。タレント活動をしている自称「イケメン」お兄さんもいる。その映像をテレビで見たが、街頭で道行く人にマイクを向ける彼の突撃インタビューは、なかなか堂々としたものだった。

画家もいれば、音楽家もいる。書道家として国際的に活躍している女性もいる。海外にはダウン症の女優さんもいて、彼女のダイエット体験談が注目を集めているという。

さて、わが家の長男の話にもどろう。彼には知的障害があるが、身の回りのことはほとんどできるし、発音は不明瞭ながら会話もできる。むしろ、少々うるさい⁉

平日は毎日、地域の福祉施設（いわゆる作業所）に通っている。作業所に行くと、「仕事」が待っている。子ども向け雑誌の付録の袋詰めだったり、お菓子の箱の組み立てだったり、「仕事」の内容は実にバラエティーに富んでいる。彼はめったなことでは作業所を休まない。雨の日も風の日も嵐が来ても、「仕事」はやらねばならぬのだ、と。

同じ作業所の中では、仲間がパンを焼いている。クッキーやジャムも作っている。長男にとってそれらの作業グループに入ることは憧れではあるものの、なかなか実現しない。だが、毎週パンの注文書を持ち帰って来ては、おいしいから買えとしつこくすすめる。

彼の仲間が作ったパンは決しておせじではなくおいしいのだが、彼自身はご飯党であまりパンを食べない。売り上げにあまり貢献できないことをわたしがわびると、わたしの職場や友人用に買ってはどうかなどと言ってくる。なかなか商売上手である。

作業所では、季節ごとにさまざまなお楽しみ企画がある。お花見、スポーツ大会、バザー、そして旅行。わたしが旅行に誘ってもいい返事が返ってきたことはなく、「考えとく」と言われてしまうのが関の山なのに、仲間と一緒の旅行は格別らしい。何か月も前から楽しみにしていて、何を着ていくかを真剣に悩む。新しい服を買っても、これは旅行用と決めたら何か月もその服を着ない。何か月も前から悩むものだから、彼の服選びはたいてい季節外れだ。

そんなこんなで、作業所ライフに全力投球の日々を続けている長男である。(二〇一五年六月)

4　大学四年生で第一子出産――「障害児の母」構えずに

はじめて子どもの親というものになったとき、わたしはまだ学生だった。なんと二一歳だったのだ。大学の教員になり教壇から学生をながめる身になってみると、彼、彼女らはありとあらゆる意味で若い。

時々、わたしはこんな若さで親になったんだなあ、と不思議な気持ちになることがある。二一歳のわたしは、いっぱしの大人のような気がしていたし、子どもを育てることくらい、なんとかなると思っていた。実際は親のすねをかじりながらの子育てだったのだから、親がかりでなければなんともならなかったのだ。

大学の四年生だったわたしは、卒業論文を書きながら妊婦健診に通っていた。健診のときに超音波でおなかの赤ん坊の画像を見ながら、「お勉強しながら産むんだから、きっと頭のいい子が生まれるわよ」と、担当の女医さんに言われたことを覚えている。

生まれてみたら長男はダウン症だった。ダウン症は顔つきに特徴がある。診断はすぐについた。染色体検査の結果は生後一か月の健診のときに聞かされた。

やっぱりショックだったでしょう、とよく聞かれる。ショック? ちょっと違うんだよなあ、といつも返答に迷う。驚きはしたが、天地がひっくり返るような衝撃ではなかった。なぜだろう? それまで、ボランティアとして障害のある子どもたちと多少のかかわりがあった。そのせいだろうか? それもなくはないかもしれないが、大きかったのは、その母たちの存在だ。

わたしが主にかかわっていたのは、ダウン症ではなく、自閉症と言われる子どもたちだった。学校に行ったり、自宅におじゃましたり、遠足や合宿に参加したり……。その子たちとのつきあいを続けていると、その子たちの家族とも必然的に出会うことになる。

母たちは「一人暮らしでろくなもの食べてないでしょ」（実際食べていなかった）と、おいしいものを食べさせてくれた。ときには「彼氏に作ってあげなさいよ」と、料理を伝授してもくれた（役に立ったことはなかったが）。高級化粧品のサンプルを、「今のうちから気をつけないとダメよ」と分けてもらったりもした（本当にダメだったが）。

ファッション談議をすることもあれば、タレントの誰が好みかで盛り上がることもあった。普通に、ときとして普通以上に明るく元気な母たちだった。決して平たんではないはずの自閉症児の子育てをしながら、トイレの一〇〇ワット、つまり無駄に明るいってことよ！　と彼女たちは笑っていた。

障害児の母と言えば、悩みや心配事ばかり抱え、毎日暗く切ない顔で暮らしているのではないか。そんなステレオタイプ的な障害児の母親像がわたしの中に入り込む前に、自閉症の子の母たちの普通の明るさを当たり前のこととして受けとめていたわたしは、今になって思えばなんと幸せだったことか。

ダウン症でもなんでもドーンと来い！　とか、障害児の一人や二人いくらでも育てたるわい！　とか、そこまで威勢がよかったわけではない。それでも、ギリギリのところで、こんなわたしでもなんとかなるんじゃあないかなあ、まあ、やってみるか、というくらいには思えた。

障害児の母としての危なっかしいスタートだった。（二〇一五年七月）

5　子どもが四人に増えて——院生時代　保育園に支えられ

二一歳で早々と親になったものの、もちろん右も左もわからず戸惑うことばかり。困惑気味の母をよそに、ダウン症の息子は驚くべき手のかからなさで大きくなっていった。それはそれは、よく寝る子だったのだ。

息子があまりにもよく眠っているものだから、その間にスケートをしに行ったという、バカ母エピソードが残っている。当時住んでいたアパートの隣がスケート場だったとか、ほんの三〇分ほど滑って帰ってきたのだ、とか言っても周囲からは疑いの眼を向けられ、いくらなんでも……とあきれられた。今のわたしなら、同様にあきれ果ててものも言えなくなる。

もっとも、異様によく寝るとか、手がかからないとか、そんなことに気づいたのは二人目の子どもが生まれてからのことだった。生まれてすぐに声をあげて泣き、ぐいぐいと母乳を吸う。そして今飲んだばかりなのに、またすぐ泣く。この子はどうしてこんなに泣くんだろう、どこか具合が悪いに違いないと不安で心配でたまらない。

二人目ではあったが、なにしろ健常児の母初心者マークのわたし。出産した病院では、泣きやまない生まれたての赤ん坊を抱え、夜中にどれだけナースセンター通いをしたことか。

お母さん、赤ちゃんは泣くのが商売みたいなものだから大丈夫よ、と看護師さんになだめられ、その場ではそういうものかと納得するが、その納得のいっさいがっさいを吹き飛ばすように、またわたしの腕の中で赤ん坊は激しく泣き声をあげる。子どもが泣くとむしろこちらが泣きたくなるという決して珍しくもない経験を、わたしは二人目にしてようやくすることになったのだ。

三人目の息子は比較的よく眠ってくれる赤ん坊で、同じ健常児でもいろいろあるもんだ、という当たり前のことにわたしはようやく気づいた。ダウン症の赤ちゃんイコールよく寝る、普通の赤ちゃんイコールよく泣く、という具合に、なんでも世界を単純に二分するのはよろしくないという人生の真理を教えてくれたのは三男である。

さて四男はどうだったか？　これがほとんど記憶にない。三男のときは、男の子の名前は品切れと言われて命名を放棄されただけだが、四男のときは産院にすぐに顔も見に来てもらえなかったという、夫への恨みつらみ（?）だけが記憶に残っている。

四人の子育ては、保育園が何よりの頼りだった。わたしは大学を卒業していったん就職することになったので、ダウン症の息子は生後五か月で保育園に入った。わたしは、次の年には仕事をやめて大学にもどり、その後は果てしなく長い大学院生時代が続くことになる。

その間に子どもは四人に増えた。子どもたちはみな保育園育ち。保育園に育ててもらったようなものだと言っても、わが家の場合は決して言い過ぎではない。

家事育児と学業の両立はさぞかし大変だったでしょう、と言われることがある。そうそう、こんなにもあんなにも大変だったのよと苦労話を披露したくもなるのだが、はてさて実際はどうだったか。少なくともフルタイムの仕事ではなかったので、それで救われていたのだろうと自分では思っている。

大学院生は決して気楽ではなかったし、院生時代の後半は非常勤で仕事もしていたが、子どもが熱を出しても絶対に休めない、という厳しい状況でもなかった。要するにわたしの努力とは何の関係もないことに支えられ、わたしの子育ては破綻しなかっただけなのだ。（二〇一五年八月）

6　ズルズルと研究者に――目的持った大学生　まぶしく

最初からそのつもりだったわけではないのだが、大学院にこれでもかというくらい長居したわたしは、三〇代の半ばで、ようやく研究者として常勤の職に就いた。

大学院時代にしていた仕事は非常勤嘱託の身分だったものの、市役所の家庭児童相談室というところの相談員だった。世間知らずのわたしには、世の中には実に様々なことがあり、本当に様々な人がいて、想像を絶するような様々な人生があるものだということを、肌で知る機会になった。

障害のある子どもたちを受け入れている保育園の巡回相談のようなことも仕事のうちだった。今の歳になってみると、あんな若いお姉ちゃん（?）だったわたしに、よくまあ、あんな深刻な相談を持ちかけてくださったものだと思うし、逆に言えばよくもまあ生意気にも、人さまの、しかも多くの場合は人生の先輩と言える人たちの相談にのるなどという仕事をしていたものだと思う。

わたしが大学の研究者になった背景のひとつに、学生時代には、大学の先生は早起きしなくてすむと思いこんでいた、という恐ろしくバカバカしい理由がある。朝が苦手なわたしには憧れるに十分だった。とは言っても、最初から研究者を目指していたわけでは全くない。

就職がなくてズルズルと大学に居残っているうちに（そうそう、居残っている、という表現がぴったりだ）、そうなるしかなくなってしまったのだ。だいたい大学だって、これといって将来のビジョンがあったわけでもなく、なんとなく入ってしまっただけのこと。

ズルズルともらってしまった奨学金の総額を聞いたときには、もうこうなったらこの奨学金、命をかけてでも踏み倒すしかないぞ！　などと勇ましいことを思ってはみたものの、奨学金の返済免除にあずかるには大学の研究者になるしかなく、そしてそれはそんなに簡単ではなく、どうしたものかと思い悩み、そのくせどうにかする努力もせず、のんべんだらりと大学居残りを続けていた。

そして縁あって、今の職場に拾ってもらった。医療職を養成する大学なので、学生は目的を持って入学してくる。二〇年近く同じ職場で仕事しているので、さすがに慣れたが、正直に言えばわたしには、目的を持ったこの学生たちの存在が今もまぶしくて仕方ない。

医療職としての国家試験を控えているので、彼らは、それはそれは真面目に勉強する。なにしろ学校に毎日来るのだ。授業をサボったりなんてしない。授業に出ないで単位とるのも芸のうちとばかりに、授業をサボりまくっていたわたしの学生時代とは大違いだ。

こんな職業に就きたいと明確な意図を持って大学に入り、ひたすら勉学に励む学生。欠席一回イコール留年一年というのは多少大げさであるにしても、それくらい厳しい。学生なのに勉強している！　というのが、就職したての新米教員としての驚きだった。

超真面目な学生たちではあるが、もちろん勉強だけでなくアルバイトもサークルも恋愛も楽しんで卒業し、見事に国家試験も突破し、目指していた道に進んでいく。

そんな中、ごく一部ではあるが「自分の進みたい道ではなかった」とか「やりたいことが見つからない」とか「居場所がない」とか悩み、相談に来る学生がいる。いわゆる「自分探し」ということだろうか。

わたしは、そんなにあわてて「自分探し」しなくていいよ、ゆっくり考えようよという気持ちで学生の話を聴く。彼らはたいてい言葉少なにポツポツと語る。自分の気持ちを過不足なく表現できる言葉すら見つからず、もどかしそうだ。

それでも少しずつ、自分にしかつむぐことができない言葉に出会い、「これぞ自分!」といえるような自分を探しあてられなくても、何とか立ち直っていく。それはそれで、わたしにとってはまぶしい存在である。（二〇一五年九月）

7 長男誘い次男のいる三重へ——大切な思い伝える旅路

九月のシルバーウイークを利用して、長男と一緒に、次男の住む三重に旅行に行ってきた。次男は、かろうじて週四日の非常勤の職を得て、それまで住んでいた京都から今年の春に引っ越したばかり。

ダウン症の長男は、いわゆるデブ症、もとい出無精。毎週のボウリングには喜々として出かけていくので、肥満体で動くのがおっくう、というわけでもないのかもしれないが、旅行となるとぐずぐず。

今回の三重旅行は、松阪牛で誘った結果しぶしぶ承諾。途中の名古屋で味噌カツを食べ、松坂で牛ステーキを食べ、桑名で焼きはまぐりを食べ、津では知る人ぞ知る名物の巨大なギョーザを食べるという暴飲暴食の旅となった。そんな今回の旅行には、実は二つの背景がある。

まず一つ目。

夏の終わりに、わたしの高校時代の同級生が急逝した。東日本大震災のあと、弁護士として被災地支援の仕事をしていた彼は、出張先の福島のホテルで夜、仕事をしながら亡くなったらしい。次の日出勤してこない法律事務所からの連絡で、たったひとりで倒れているところを発見されたという。

あまりにも急すぎる旅立ちだった。わたしは、約束の黄色いバラを主《あるじ》のいなくなった彼の法律事務所に数本だけ送った。高校生の頃、お互いの人生の最後をトラックいっぱいの黄色いバラで送ろうと、ミステリアスな約束をしていたのだ。人間、明日どうなるか本当にわからない。わたしはしばらく、どうにもこうにも気持ちを立て直すことができなかった。

そして二つ目。

旧友との突然の別れ以来、そのことが頭から離れず、ついぼんやりとしてしまう日々が続いたときのこと。ある日、都内の駅でエスカレーターに乗っていたら、上から人間が降ってきたのだ。しかも、キャリーバッグとコーヒーと一緒に！

わたしは見事に下敷きになり、降ってきた人ともどもエスカレーターで上まで運ばれ、周囲にいた人たちに助け起こされた。運良く、コーヒーをかぶったのと、かすり傷くらいですんだのだが、まさに降ってわいたような災難だった。

同級生の急逝で、明日何があるかわからないと身につまされていたわたしは、このエスカレーター事件で、明日どころではない、人間、次の瞬間に何があるかさえわからないものだと、ついつい考え込んでしまうようになった。

明日わたしが死んだら、夫も息子たちも、貯金通帳のありかすらわからずに困惑するのは間違いない。わたしは急きょ思い立ち、息子たちに、これだけはということを伝えておくことにした。三重への旅行は、その一環でもあったのだ。

わたしは、貯金通帳と印鑑、そして自宅を購入したときの書類のありかを次男に伝えた。それから、わたしが死んだらお葬式はしなくていいこと、骨はお墓には入れずに散骨にしてほしいことを念押しした。

ああ、それなのにわが家の次男坊ときたら……。三重にこんな食い物があったのかとか言いながら、長男と一緒に津名物の巨大ギョーザを、無邪気にほおばっているではないか。なにしろ小ぶりのハンバーグくらいはあろうかというくらいの肉が詰まっている驚きの大きさのギョーザの存在感に、わたしの話はかき消された。

わたしはと言えば、そもそも居酒屋で食事しながらこんな話をしたのが間違いだったという気になり、せめて散骨のことだけでも三男と四男によくよく言っておかねばなるまい、と新た

な決意を胸に三重から帰ったのだった。（二〇一五年十月）

8　カウンセリングの現場——ひたすら聴き　寄り添う

わたしには大学での教員のほかに、もうひとつ仕事がある。病院での臨床心理士という仕事である。「臨床心理士」が正式名称なので、まずはそう自己紹介してはいるが、ピンとこない顔をしている方には、「心理カウンセラー」という言い方をすることもある。

心のケアの専門家みたいなものですかねえ、と言ってお茶を濁すこともある。わたし自身は「心のケア」という言い方も、「専門家」という言葉も実はあまり好きではないのだが、なかなかうまく説明できないいままでいる。

病院とは言っても、わたしが主に仕事しているのは遺伝相談の外来である。遺伝外来は、臨床心理士以上に知られていないようだ。遺伝外来というと、親から子へ、子から孫へと世代を超えて伝わっていく病気を扱うというイメージかもしれない。その理解は、決して間違いではないのだが、医学的にはもう少し広い範囲の病気を対象にしている。

たとえば、わが家の長男のようなダウン症も、生まれながらの病気、しかも染色体の異常ということで、遺伝外来に通うような病気なのだ。では、染色体異常は全部親から伝わったものかというと、決してそんなことはない。むしろ、突然変異によって起きる染色体異常のほうが多数派である。

遺伝と聞くと、自分とは関係がない、あるいはめったにないような特殊な家系のこと、と思うかもしれないが、実はそうではない。生まれながらの病気を持つ子どもは、一般に想像されているよりもずっとたくさんこの世に誕生している。ダウン症だけでも一〇〇〇人に一人。いわゆる先天異常全体ということになると、五〇人に一人、あるいは三〇人に一人という数字が医学の教科書には載っているらしい。

わたしは医師でも看護師でもないので、診断や治療や療養指導に直接かかわることはない。では、何をやっているのか？　遺伝外来での診察に同席して、相談に見えた患者さんやご家族のお話を聴くのがわたしの仕事である。

聴くだけか？　はい、聴くだけ。ただひたすら聴くだけ。

患者さんやご家族は、最初から自分の気持ちを率直に話すとは限らない。言葉を探して探して、探しあぐねて、ポツリポツリと語る方。どんな病気なのか、医師の説明は理解できたけれど、気持ちがついていかないと涙を流される方。

ダウン症を例にとれば、産んだ自分を責めるお母さんは珍しくないが、実際は誰のせいでもない。ましてや産んだお母さんが悪いわけでもなんでもない。一〇〇〇人に一人なのだから仲間はたくさんいると励まされても、それでも、なぜわが子が、なんでまた、よりにもよって自分のところに、という思いをぬぐい去ることができなかったりする。

お子さんはあなたがた夫婦を選んで生まれてきたんですよと言われて、その言葉にハッとし、それが立ち直るきっかけだったと語るご夫婦もいれば、言われたときには気持ちの余裕がまったくなく、わたしは選ばれたくなんかなかった、なんでうちを選んだのよ！　としか思えなかったと振り返る方もいる。

あせらなくていい、気持ちは右に揺れたり左に揺れたりするのがあたりまえ。自分の気持ちを無理に言葉で切り取ろうとしなくていい。何も話せないままのあなたでいい。言葉にならない気持ちを抱えたままのあなたでいい。

そんなことを考えながら、患者さんやご家族のそばに座らせてもらっている。（二〇一五年一一月）

9　長男の講演にお供――知らなかった夢に驚き

久しぶりに仙台に行ってきた。仙台は、わたしが学生時代を含め十数年を過ごした街。四人の息子たちも皆仙台で生まれた。言ってみれば、わたしの第二の故郷である。

その仙台に何をしに行ったのかというと、今回は、息子の講演のお供である。ある大学から、息子に講演の依頼があったのだ。なんとダウン症のある一番上の息子に！　日々の暮らしについて語ってほしいというリクエストだった。

長男にこの話をしたときの第一声は「ギャラいくら？」。わたしはぶっ飛んだ。そして言った。「君はいつからタレントになったんだ！」と。ぶっ飛んでもただでは起きないわたしは、さらに突っ込んでたずねた。

「いくらなら引き受けるの？」と悪乗りするわたしに、彼は「まかせる」と言う。なんとまあ、欲のないこと。一任されたわたしは、仙台の牛タンをごちそうしてもらう約束を取りつけた。交渉はめでたく成立し、肉大好き、とりわけ牛タンには目がない息子は大いに喜び。わたしはマネージャー、もしくはステージママとして、ひとまず合格。

演題は「障がい者の日々の暮らしにふれる〜共に育ち、共に生きる」。メインの演者は息子で、わたしと息子の保育園時代の担任の先生（当時は保母さん、今は保育士さん）が、それぞれの立場で追加で発言する。息子の講演は、講演会を企画してくださった先生との一問一答形式。息子は、発音がきわめて不明瞭で、はじめての人には何を言っているか伝わりにくいので、わたしが通訳する。

とまあ、ざっと打ち合わせをして、あとはぶっつけ本番。会場に集まったのは、保育士を目指す学生さん、地元のダウン症の会のメンバー、地域の方々など、約三〇〇人。大勢の聴衆を前に、さすがの息子も緊張気味。「人」という字を手のひらに書いては飲み込むことを何回も繰り返してステージに上がったのに、効き目なしか！

それでも息子は、お相手の先生のたくみなリードでだんだん饒舌になり、いつのまにか普段のペースを取り戻して、しゃべる、しゃべる、しゃべる……。福祉施設（いわゆる作業所）での仕事のこと、ボウリング、卓球、映画鑑賞、温泉めぐりなどの趣味のこと。最近もらったボーナスで何を買ったのかという秘話。片思いのほろにがエピソード。さらには将来の夢。

わたしが驚いたのは、将来の夢として彼が語った内容である。なんと、今通っている作業所の職員になるのが夢なのだそうだ。知らなかった！　聞いたこともなかった！　打ち合わせのときに、もったいぶって教えてくれなかったのは、このことだったのか。

彼に言わせれば、「オレは結構みんなから頼りにされている」のだそうだ。毎日の作業で頼りにされることと、職員として仕事をすることは全く別物ではないかと大いに疑問ではあるが、「無理に決まってるでしょ」という言葉を飲み込んでわたしは耐えた。

講演後の質疑応答のときには、自分が人と違っている部分があるということをいつ頃気づいたのか、そのことをどう感じているのかという、知的障害のある息子には、それこそ「（答えるのなんて）無理に決まってるでしょ」と言いたくなるような質問が飛んできた。息子は果敢に答えた。

オレはみんなと同じ。でも、ダウン症があるから、同じようなダウン症の仲間とたくさん友達になりたい。

みんな同じで、みんな違う。みんな違うけど、みんな同じ。人生の哲学を教わって仙台から帰ってきた。（二〇一五年一二月）

10　お正月——子の成長しみじみ思う

玉井家の年末年始は、例年通りの年末年始だった。大掃除もせず、おせち料理も作らず、年賀状も書かない。わが家にとってはそれが普通なのだが、世間から見れば非常識きわまりないのかもしれない。

この年末年始は、四男が帰ってきた。めったに帰ってこない次男は、今年も帰ってこなかった。三男は相変わらず、家にいたりいなかったり。長男が通っている福祉作業所も年末年始はお休みなので、彼は家で文字通りゴロゴロ。そして、久しぶりに帰ってきた四男と近所の銭湯に出かけニコニコ。わたしはと言えば、茨城の実家に日帰りで弾丸帰省。

姑が生きている頃は、夫の実家に帰省して一緒におせちを作っていた。おせち料理は、一切の妥協を許さないくらい手がこんでいた。姑は元家庭科の先生。台所はしばしば学校の調理実習室と化す。わたしはできの悪い生徒。

「にんじんはイチョウ切り」「はい、わかりました」「里芋は面取りしてね。あ、面取りってわかるわよね」「これでいいですか？」「そうそう、それでよろしい……あら、いつもの癖でごめんなさいね」と、まあ、こんな具合だ。彼女は写真だけになって、わが家の狭い台所にいる。「おせちも作らないの」とあきれているに違いない。

姑の写真をながめながら、わが家らしいおせち料理もなければ、そもそも、おふくろの味と言えるようなものも何もない、とわたしは気づいた。言い訳にしかならないが、おふくろの味はないけれど、ばあばの味はある。

四人の子どもたちは、亡くなった姑が作るフルーツ・シャーベットが大好きだった。具だくさんの太い春巻きは揚げるそばからなくなっていった。スイートポテトは夫も好きだったので、五人の男たちでいつも争奪戦。どれもこれも、嫁のわたしには再現できない味だ。

おふくろの味だけでなく、幼い時分に経験する家族の習慣のようなものは想像以上に大事なものなのかもしれない。最近わたしは、反省を込めてそう考えるようになった。その日に多少のいざこざや口げんかがあっても、とにかく家族そろって夕食の食卓を囲むとか、そういう日々の習慣である。

子どもたちが小さい頃は、そんなことを考える余裕もなく、ただただ毎日、大量の飯を炊いて暮らしていた。それでも、みんなが元気ならまだいい。熱でも出そうものなら、もう大変。

夫かわたしか、どちらが仕事を休むかで、決まってけんかになる。いつだったか、「パパとママが〇〇（三男）の手と足をもって引っ張りっこしたよね」と、次男に言われたことがある。

赤ん坊だった三男を夫の腕からひったくって「そんなに休めないって言うなら、わたしが休むからいい」とわたしが言えば、「オレが休むって言ってんだろ」と、泣きじゃくる三男を奪い返して応戦する夫。赤ん坊の手と足をそれぞれが持って、両サイドから引っ張り合ったわけでは決してないのだが、次男にはそう見えたのだろう。

泣きながら、しかも熱があるのに、父親と母親の間を行ったり来たりした三男にも申し訳ないことをしたと思うが、見ていた次男もさぞかしこわかったろう。後悔しきりである。

時間の流れに特別な区切りがあるわけではないのだが、それでもお正月という一年の節目を迎えると、子どもたちは大人になったものだとしみじみ思う。おふくろの味というわけではないが、一月七日の朝は七草粥を作った。そう言えばわたしは、おせち料理は作らないけれど七草粥だけは毎年ちゃんと作ってきた。息子たちには七草粥の写真をメールに添付して送った。七草ではなく、三草くらいしか入っていないような手抜きではあったけれど。（二〇一六年一月）

11　末っ子連れて短期留学――子どもほめちぎる米国

二〇年近く前のことになるが、アメリカの首都ワシントンにある大学に短期間ではあるが留学していたことがある。当時まだ小学生だった末の息子（四男）を連れていった。せっかくの機会なので子どもたち全員を連れていってもよかったのだが、一緒に行くと言ったのが彼だけだったのだ。四男は三学期をほとんど欠席することになったが、親子ともども貴重な経験だった。

息子は現地の普通の公立小学校に通った。毎日、近所の子どもたちと一緒にスクールバスを利用した。映画でしか見たことがなかった黄色いスクールバスだ。肌の色、眼の色、髪の毛の色、みんなちがっていたけれど、息子はあっという間に現地の小学校になじんだ。

わたしは、初日だけ一緒にバスに乗って学校まで送っていったが、帰りは息子一人で帰ってきた。次の日、さすがに朝一人でバスに乗るときは少しだけ不安な表情をしていたものの、帰ってきたときはもうニコニコしていた。

たった一日で友達をつくり、その友達の家にさっそく遊びに行きたいとせがむ姿に驚きながら、息子を送っていくと、友達のママは、夕方まで遊んでいるから気にしないで置いていきなさいと言うので、さらに驚いた。

息子はアメリカ人の友達の家を渡り歩いて毎日遊びほうけ、アメリカのスーパーマーケットで売っている大きなカップのアイスクリームを存分に食べて過ごした。アメリカのアイスクリームは、種類が豊富で、大きくて、色が鮮やかで、何と言っても安い。今日はこれ、明日はあれ、と食べ続けたおかげでわたしは見事に太った。

アメリカの小学校にも親子面談というのがある。英語が上手でないわたしは、どうしたものかと思い悩み、アメリカ在住の日本人の友人に相談した。彼女によれば、なんとでもなるわよ、だって英語しゃべれない親なんていくらでもいるんだからとのこと。そして彼女はアドバイスしてくれた。とにかく、わが子をほめるのだ！　と。

アメリカの学校の先生は子どもをとにかくほめる。ほめちぎるのだそうだ。それに負けてはいけないというのが、彼女から伝授された面談のコツ。わが子のあそこがすばらしい、ここが自慢……。ほめて、ほめて、ほめ倒す！

日本人の親は、学校の先生にわが子がほめられても、たいていは謙遜して、いやあ家ではそんなことありませんとか言ってしまう。アメリカ人にとっては、それはむしろ奇異なことなのだそうだ。友人も最初は面食らったらしい。

半信半疑で臨んだ親子面談。クラス担任の先生は二人。この二人、本当に息子のことをほめる、ほめる、ほめる。これでもかというくらい、二人で競い合うようにしてほめちぎるのだ。

わたしも負けずに息子をほめようと思っても、英語がままならない。と言うより、先生たちのベタぼめ合戦に圧倒されっぱなし。よくもまあ子どもをほめるネタがそれだけ引き出しの中に入っているものだと感心しつつ、わたしはただただサンキューを繰り返していた。

文化の違いと言えばそれまでだが、日本の親は、もう少し子どもをほめるネタを豊富に持ってもいいと思った。何しろアメリカでは、学校の先生と両親で面談するときは、父親と母親がわが子のベタぼめ合戦をするというのだ。それをまねできないにしても、少なくとも人前で子どもをほめることにもっと慣れてもいい。

そう言えば、ダウン症の長男は三人の弟たちをほめる。自慢の弟だと何のてらいもなく人に言う。どこが自慢なのかはうまく言えないが、それでもニコニコしながら、本気で弟たちが自慢だと主張する長男は、意外に国際的に通用する感覚を持っているのかもしれない。（二〇一六年二月）

12　長男の入院——思わぬピンチ　現実は現実

なんだかんだあったけれど、激動の平成二七年度というほどでもなかったなあ、また新年度がはじまるんだなあ、などとのんきに思っていたら、年度の終わりが見えてきたこの時期に、わが家に激震が走った。

なんと、健康そのものだったダウン症の長男が入院してしまったのだ。家じゅうのみんなが風邪をひいても、どこ吹く風の長男。ダウン症をひとつの病気ととらえるなら、生まれたときから（いや、生まれる前から？）そもそも病気は病気なのだが、肥満という以外は元気に過ごしてきた。

入院は今も続いており、どうも長くかかりそうな気配。一月に転職したばかりの四男。プータロー生活に終止符を打ち、結局ニューヨーク留学はせずに二月に就職したばかりの三男。一年ごとの契約を更新してもらえそうで、なんとか首がつながった次男。やれやれ、これで子どもたちにお金がかからなくなる。平凡にほっとした気分になっていた。

長男の急な入院は、そんな矢先の出来事だった。肥満のために定期的に通っていた病院で、肥満とは別の、しかも結構深刻な病気を発見されたのだ。長男はしぶしぶ入院することになった。しぶしぶとは言っても、それはわたしが言って聞かせたときの反応であって、担当のきれいな女医さんに「入院して病気を治しましょう」と言われたら、とたんにヘラヘラしてその先生と握手しているではないか！　握手だけではなく、先生の手にほおずりまでしている。

わたしが驚いたのは、長男の入院くらいで驚くような弟たちではないと思っていたのに、三人が三人ともすぐに飛んで帰って来たことだ。次男は三重から、三男は東京から、四男は埼玉から。来て何をするわけではなく、病院のレストランで一緒にご飯を食べてくれるくらいなのだが、それでも長男はうれしいらしい。

四男の新しい職場は某プロ野球球団なので、そのチームのTシャツとタオルをお見舞いにと持ってきてくれた。長男は、自分がごひいきのチームではないことが若干ご不満な様子だが、パジャマがわりに毎日そのTシャツを着ている。

子どものころから身に着けるものに無頓着で、センスのかけらもないまま大人になってしまった次男は、リュックサックを買ってきた。この人が選んだリュックっていったいどんなだ？　とドキドキしながら袋を開けたら、意外にも普通のもので一安心。

一番おしゃれな三男は、残念ながらその洋服選びのセンスを発揮する機会もなく、身長一五五センチで体重七〇キロという長男の特大サイズのパンツを、いやな顔もせず買いに行ってくれた。

長男は今、血液内科の病棟に入院している。「たくちゃん」ではなく「玉井さん」と呼ばれ、大人として扱ってもらえる。たとえば「玉井さん、今日のお風呂は何時にしますか？」と、看護師さんたちは実に丁寧に敬語で聞いてくれるのだ。

長男はそんな看護師さんの耳元に顔を近づけてささやく。「今度オレとカツ丼食べに行きませんか」と。こらあ、こんなところでナンパしてどうする！　それに、その顔の近づけ方、セクハラだろ！

入院に当たってこの際少し体重を落としましょうということになり、カロリー制限された食事を食べているので、病院ではもちろんカツは出ない。お肉大好き人間の長男にとっては、何と言ってもそれがご不満。「カツ丼食いてー」と叫びながら、器用に点滴台を押して廊下を歩いている。こらあ、病院の中で大声出すな！

こんなに元気なのに、本当に病気なんだろうかと、わたしはまだ悪い夢を見ているような気分だ。とは言え、現実は現実。ジタバタせず、なんとかなるさの精神でこのピンチを乗り切るしかないと思いながら、長男のベッドサイドでこの原稿を書いている。（二〇一六年三月）

13　番外編その1——なんとかならないこともある

なんとかなるさと、のらりくらりと人生のモロモロをやり過ごしてきたわたしは、まさかこの歳になってこんな経験をすることになるとは思わなかった。

それが、ダウン症の長男、拓野の病気である。

なんとかなるさ?

いや、なんともならないだろ！

拓野の病気はそれくらい深刻だった。病気の深刻さを聞いたとき、わたしはとっさに当時連載していたコラムに「なんとかなるさ」などというタイトルをつけなければよかったと思った。人間、大事な時には大事じゃないことを、とんちんかんに考えるものなのだろうか。無意識の逃避あるいは回避？　一応臨床心理士だったりなんかするわたしは、そんな、さらにどうでもいいことまで頭に浮かんでしまって、いかん、いかん、と打ち消した。インチキ心理士とかナンチャッテ心理士とか、いつも自虐的に言っていることは真実だったのだと思い知った。いくら心の問題の専門家などと世間で言われる職種でも、自分の心はあつかえない。当たり前だ。

だれかわたしをなんとかしてくれ！

その前に、「医者いらず」だったはずの拓野の病気をなんとかしてくれ！

わたしは叫び、泣き、モノに当たり散らした。台所の食器がいくつか割れ、壁にいくつか傷がついた。

障害児の親の間では、「親なき後」ということがよく言われる。まだ障害児の親になりたてだった頃、はじめてその言葉を聞いて「オヤナキアト」が「親なき後」だと理解するのに何秒かかかったことは、今でも覚えている。

障害児の親って、「オヤナキアト」もとい「親なき後」のことを考えないといけないの？　だって、親が先に死ぬのが当たり前じゃん。それなのに障害児の親だからって、なんでそんな

撮影＝幡野広志

ことまで考えないといけないんだ?

納得のいかなさが顔に出ていたのだろう。先輩の母たちから言われた。それが障害児の親としての責任であり、当然のつとめなのだ、と。それでもわたしの納得のいかなさは、釈然としなさに変わったくらいのものだった。

その頃のわたしは、そもそも自分のいない世界で息子が暮らしている姿を想像できなかった。保育園その他に預けっぱなしでろくに一緒にいたわけでもないのに、どうにも思い描くことができなかった。

だから時間がかかった。時間はかかったけれど、何年か経つうちに……そう年単位での時間はかかったけれど、いつしか、自分がいなくなっても息子は楽しくやっていくんだろうなと思えるようになっていった。三人の弟が抱え込まなくても、息子にとって居心地のいい居場所はどこかにあるし、仲間もきっといるに違いない。

障害児の親というものになって何年たつのだろうか。そのスジのものになって、あるいは、もはやカタギではなくなって、三〇年以上もたつというのに、わたしは、落とし穴に気づかなかった。しかも巨大な落とし穴に……。

拓野のいない世界で自分が暮らしているということを、わたしは想像すらしたことがなかったのだ。息子の病気の深刻さは、それを考えろと容赦なくわたしに迫った。

ああ無情！　こんな理不尽があってたまるものか！　と、また少しわが家の中のモノたちが犠牲になった。（二〇一九年二月）

14　番外編その2——やっぱり、なんとかなる!?

なんとかなる、なんてウソだ！
なんともならないことだって、あるじゃないか！
なんとかなるっていうなら、だれかなんとかしてくれよ！

日々、理不尽な現実に向かって悪態をつきながら、「元気な重病人」である息子の拓野とつきあっていた頃、ある人に何年かぶりで会った。元宮城県知事の浅野史郎さんだ。

二〇一六年一月に息子が形質細胞性白血病と診断され、余命が半年か一年かと言われてから、奇跡的に生きのびて三年がたとうとしている年末だった。

浅野さんは有名人なので、彼が白血病を患い*、今はまた元気に活躍していることをわたしは

*浅野史郎著『運命を生きる——闘病が開けた人生の扉』岩波ブックレット、二〇一三年

知らなかったわけではない。知っていたからと言って、実はうちの息子も白血病になっちゃいまして、と気軽に（?）連絡をするのもなんだかなあ、連絡もらったところで浅野さんも困るだろうと思っていたところ、彼の新刊『明日の障害福祉のために——優生思想を乗り越えて』の出版を記念しての催しに誘ってくださった方がいて、奇遇にも、そして幸運にも再会の機会を得た。

新刊にサインをもらうだけもらって、出版記念会そのものにはほとんど参加できなかったという失礼にもかかわらず、あとからメールを送ったところ、即レスでいただいた返事には「根拠なき成功への確信」とともに闘病した経験がつづられており、次のような文章で終わっていた。

大丈夫です。なんとかなります。

大丈夫だあ?

なんとかなるだあ?

わたしの故郷茨城の方言で言うなら「なあに、ごちゃっぺ言ってんだっぺ」、浅野さんお得意の仙台弁で言うなら「あっぺとっぺで、わげわがんね」。

普段なら、気休め言うなよ！　だったら息子の病気治してみろよ！　とモーレツに腹が立ち、キョーレツに何かに当たり散らすところなのに、なぜか浅野さんの言葉は不思議とスーッと心にしみいってきた。

わたしには「根拠なき成功への確信」なんてものはないけれど、もしかしたら、なんとかなるのかもしれない、と一瞬思い、いやいや浅野さんに洗脳(?)されてはいけないと思い直した。そしてさらに、こんな状況の中にいるわたしにも、もしかしたらなんとかなるのかもしれないと、たまに思うことくらいは許されているのだという境地にたどり着いた。

どんな言葉もふるまいも、その人との関係性の中でしか意味を持たない。

なんとかなる、と言われてイカってみたり。

なんとかなる、と言われてウルウルしてみたり。

なんとかなる、と言われてムッとくる瞬間。

なんとかなる、と言われてホッとするつかの間。

形質細胞背白血病患者の家族は今日も忙しい。

そして、間違いなくわたしよりも忙しい日々を送っている浅野さんからは、うれしいことに本書にご寄稿いただいた。(二〇一九年二月)

15　番外編その3――おそすぎた献血

息子の拓野が形質細胞性白血病になってから、わたしは生まれてはじめての献血をした。献血にまつわるエピソード。それは、さかのぼればわたしの学生時代。昔々、とある大学のキャンパスに時々献血車が来ていたとさ……。

世のため人のためなどという高邁な動機があったわけではないが、友人と誘い合ってなんとなく献血をしに行った。友人は献血ができたのに、わたしはできなかった。貧血、そう、ヘモグロビンが足りなかったのだ。

そう言えば、貧血気味だと言われたのは中学生の頃だった。しかし、薬を飲まなければならないほどではなく、食生活に気をつけましょうと指導された。日常生活で何も困っていなかった女子中学生は、セーラー服に似合う髪型以上に気になるものなどなく、もちろん食生活などに気をつけるはずもなく、ほうれん草もレバーも無視して部活を続け、相変わらずジャンクな食生活は維持される結果になった。

大学生になって、献血ができなかったときも似たようなものだった。完璧な貧血、すぐに病院行って！　というレベルの貧血ではなかった。一人暮らしをしていたので、食生活は中学生の頃よりもあきらかに悲惨。冷蔵庫にはキャベツが一個あればまだマシというくらいに、悲惨を通りこしてなかなかに凄惨なものではあったが、それでも貧血気味という程度だったということで、わたしは、なあんだ何食ってたって一緒じゃんと勝手な合理化をした。

悔しかったのは、献血した友人がもらったヤクルト飲料をもらえなかったことだ。わたしの記憶に間違いがなければ、その頃、献血をした人には小さな容器のヤクルト飲料がプレゼントされた。意地汚いわたしには、それがうらやましかった。いいな、いいな、ヤクルトいいな……。まことに食い物の恨みというのは恐ろしい。

わたしは、いつか献血をしてヤクルトもらうぞ！　と固く決心した。その割にはなんの努力もせず、その後もわたしは指をくわえて何回も献血車のわきを手ぶらで通り過ぎるしかなかった。しかし、もともと志が低かったにもかかわらず、おまけに献血すらできなかったのに、わたしはなぜか骨髄移植に興味をもった。骨髄バンクに登録したいとストレートに思った。

理由はいたって単純明快。それで助かる命があるなら、わたしも含めてみんな登録すればいいんじゃないの？

一〇代の終わりにせっかくそう思ったにもかかわらず、二〇代は子育てでズブズブの日常を過ごし、三〇代は仕事でブンブン振り回され、いつのまにかウン十年。

骨髄バンクに登録できる年齢の期限が迫ってきて、そしてサクッと過ぎてしまった。献血に

撮影＝幡野広志

も何度かトライしたが、いつも実に微妙なところでアウトだった。数値をおまけしてくださいとか、もう一回採血してくださいとか、ゴネてみたこともあったけれど、当然のことながらダメなものはダメ。

骨髄バンクに登録できる年齢が過ぎてしまってから、一か月もしないうちに拓野の病気がわかった。わたしは、バチがあたったのだと思った。どうしようもない何かを前に、誰かを悪者にしなくてはいられないときがある。わたしは、わたしを悪者にするしかなかった。

食生活に気をつけて貧血を治すくらいどうしてできなかったのだろう。レバーは絶対無理だけど、ほうれん草のおひたしなら昔も今もどんぶり一杯だって食べられるのに……。実際の提供の機会がめぐってこなくても、骨髄バンクに登録する努力くらいしておけばよかった。

もちろん、ズボラなわたしが骨髄バンクに登録しなかったことと、息子が血液のがんになったこととは何の因果関係もない。これっぽっちの関係もないことぐらい百も承知だけれど、今でも心残りでしかたがない。

息子は幾度となく輸血をした。人の善意そのものがそこにはあった。

輸血の日ポタリポタリと落ちてゆく赤いしずくに夕影さして
ポタ　ポタ　ポ　命つないで落ちてゆく血小板の成分輸血

短歌がひそかな趣味のわたしだが、のんびりと歌なんか詠んでいたわけではもちろんなく、余計なものが削ぎ落とされてむき出しになった善意が赤いしずくになって、ポタっ、ポタっ、またポタっと落ちていくのを飽きもせずにながめていた。

かくしてわたしは、思い切って貧血を改善するための薬を処方してもらって飲むことにした。ヘモグロビンの値は無事に上昇し献血をした。プレゼントはヤクルト飲料ではなく、もっと豪華な品々だった。

わたしは献血の帰りに、昔ながらの小さな容器のヤクルト飲料を買って飲んだ。少ししょっぱい味が混じっていたのは気のせいだろう。おそすぎた献血だった。（二〇一九年二月）

16 番外編その4――お金と沖縄と、あらためて病歴

世のなか広いもので、ダウン症があっても音楽や絵画や書道など、芸術活動をしている人はもはや珍しくはなく、タレント活動をしていたり、ファッションモデルをしていたり、わたしには、国内外もうなんでもあり感満載である。そもそも「ダウン症があっても」などと書いている時点で、相当ステレオタイプに支配されているのだろう。

息子の拓野は、タレント活動をしているわけではないが、地元の大学の授業にゲストとして

呼んでいただいたり、生まれ故郷にある大学で講演したりした経験がある。

形質細胞性白血病という病気がわかった（二〇一六年一月）あとも、一度だけ、最初の入院から解放された直後の二〇一六年三月に、沖縄で講演をした。

生命予後不良であと半年か一年かと聞かされていたわたしは、ええい、拓野の貯金はもうみんな使ってしまえ！　というノリで、乗ったこともない、そして一生乗ることもないだろう飛行機のファーストクラスで拓野と、そして次男までお供に連れて三人で沖縄に行き、高級リゾートホテルに宿泊した。

そして、琉球大学医学部で講演をした。血液内科と小児科のスタッフの皆さんをはじめ、学生さんも含めて会場は立ち見も出るほど……ではなかったが、たくさんの方が拓野と小児科の先生の掛け合いトークを聞いてくれた。沖縄行くぞ！　とだけ急に思い立ったわたしの妄想を、琉球大学で仕事をしている知人がかたちにしてくれたのだ。

その後、半年か一年かと言われていた拓野は、一回目の自家造血幹細胞移植（二〇一六年七月）を経て生きのび、来ないと思っていた二〇一七年が来た。当時の主治医の先生が「一年ですねえ」と、電子カルテで血液内科の初診日を確認しながら感慨深げにおっしゃった。長い長い一年だった。

拓野の貯金はもうみんな使ってしまえ？　マズいぞ。例外的に生き延びるかもしれないじゃないか。長期戦も覚悟しておかないと……。飛行機のファーストクラスなんてとんでもない。分相応でいこう。いや、緊縮財政でいこう。病歴二年目に入ったときわたしはそう思い、もとのケチにもどった。

それがいけなかったのか、拓野の病気は再発した。病気がわかったときよりも再発がわかったときの方がショックだった、というがん患者の声を聞いたことがあるが、わたしはそうではなかった。情けないことに、骨髄検査の結果の意味をすぐには理解できなかったのだ。二〇一七年二月のことである。

昔の蛍光灯のように少し間をおいて、今の息子の状態が再発という状態なのだということを理解したわたしは、ええい、今度はわたしの貯金も全部使ってしまえ！　ではなく、再び拓野の貯金は洗いざらい使ってしまえ！　状態になり、今度は北海道に旅行に行き、さらに、お世話になった病院に拓野の名前で多額の（?）寄付をした。

しかし、治療は続いた。入退院をくりかえしながらも二回目の自家造血幹細胞移植（二〇一七年八月）と同種移植（同年一一月）という厳しい治療をくぐりぬけ、病院での年越しにはなったものの、とにもかくにも年が明け二〇一八年になった。

忘れもしない新年早々の一月二日。病棟のラウンジで病院食の豪華かつ上品なおせち料理を下品にがっついていた息子と、箱根駅伝のテレビ中継にかじりついていたわたしのところに、主治医の先生が登場し「いつ退院してもいい」とおっしゃる。

えっ、先生、大晦日も元旦も病棟にいましたよね？　それって、二日以降休むためだったんじゃないんですか？　あまりの驚きにわたしは新年の挨拶も忘れ、本来ならお年玉がわりのうれしい退院許可のはずなのに、「はあ」とまぬけな返事だけをして白衣の後ろ姿を見送った。

かくして息子は退院し、主治医の先生に「順調」と言われるまでになった。わたしは「この子の今の状態が順調ってことですか？」と診察室でおバカな質問をして、再びケチにもどった。

わたしがケチにもどると、きまって拓野の病気は悪くなるのだ。

二〇一八年五月には、日本骨髄腫学会という日本中から息子の病気の専門家が集まる学会にも顔を出し、わたしの職場のソフトボール大会で見事に（？）始球式のピッチャーをつとめたりもしたのだが、今思えばそれがピークだった。

日本骨髄腫学会の会場で主治医の先生に会った拓野は、スーツ姿の先生とあれを食べてもいいか、これを食べてもいいかと、わたしの目を盗んで交渉までしていた。その直後の受診のときに骨髄検査をし、結果を聞いたのが六月。二度目の再発、つまり再々発だ。

同種移植をする前、無視できない割合の移植関連死とともにわたしがおそれていたのは、ときに命をおびやかすことになるかもしれない治療の副作用だったが、主治医の先生は「一番こわいのは再発」とおっしゃっていた。まさにその「再発」だった。

発病以来、記録をたどらないと覚えていることすらできないくらい多くの薬と、それらの組み合わせで治療してきた（病歴参照）。拓野の髪の毛は抗がん剤の副作用で、抜けたり生えたりをくりかえしている。つるっぱげ君を脱して少し髪が生えてきたときは、野球少年だった末の息子の五厘《ごりん》刈りの頭を思い出す。

拓野の病気は多発性骨髄腫のなかでも形質細胞性白血病という特殊なタイプなので、最初から治療は難しかった。今はさらに、治療抵抗性とか難治性とか呼ばれるのだろうか。

当の本人はと言えば、相変わらず気持ちだけは（治療にではなく）病気に抵抗しているし、ポジティブシンキングにいたっては超がつく難治性だ。（二〇一九年三月）

撮影＝幡野広志

2018年　35歳～36歳

5月　2度目の再発がわかりERd＊7療法開始

8月　熱が続き歩行困難も出現し、日赤医療センターに入院してVTD-PACE＊8療法開始

10月　ドナーリンパ球輸注2回

11月　レナリドミド単独療法

2019年　36歳

1月　VTD-PACE療法ののちドナーリンパ球（増量）輸注一回

2月　PCd＊9療法開始

（2019年3月末現在）

＊1　ボルテゾミブ（商品名ベルケイド）／シクロフォスファミド（商品名エンドキサン）／デキサメタゾン（商品名レナデックス）

＊2　カルフィルゾミブ（商品名カイプロリス）／レナリドミド（商品名レブラミド）／デキサメタゾン

＊3　ボルテゾミブ／レナリドミド／デキサメタゾン

＊4　ボルテゾミブ、ドキソルビシン（商品名アドリアシン）、デキサメタゾン

＊5　ポマリドミド（商品名ポマリスト）／ベルケイド／デキサメタゾン

＊6　上記＊2に同じ

＊7　エロツズマブ（商品名エムプリシティ）／レナリドミド／デキサメタゾン

＊8　ベルケイド、サリドマイド（商品名サレド）／デキサメタゾン／シスプラチン／ドキソルビシン／シクロフォスファミド／エトポシド

＊9　ポマリドミド／シクロフォスファミド／デキサメタゾン

玉井拓野（1982年10月26日生まれ）の病歴

2016年　33歳～34歳

1月　形質細胞性白血病と診断され、山梨大学医学部附属病院（以下、山梨大学病院）に入院してCyBorD（VCD）＊[1] 療法開始

6月　造血幹細胞採取のために国立国際医療研究センター中央病院（以下、国際医療センター）に入院

7月　自家造血幹細胞移植（国際医療センター）

10月　熱が続き山梨大学病院に入院

12月　KRd＊[2] 療法開始するも血球減少激しく治療スケジュール維持困難（山梨大学病院）

2017年　34歳～35歳

3月　再発がわかりVRd＊[3] 療法開始（山梨大学病院）

5月　国際医療センターに入院してPAD＊[4] 療法開始

8月　2回目の自家造血幹細胞移植（国際医療センターに保存してあった造血幹細胞輸注）

9月　PVD＊[5] 療法（国際医療センター）

10月　日本赤十字社医療センター（以下、日赤医療センター）に転院してKRd＊[6] 療法開始

11月　末弟がドナーになり、フルダラビン・メルファラン・全身放射線照射を前処置として同種移植（日赤医療センター）

特別寄稿

なんとかなります

旧知の玉井眞理子さんから、「長男のことを書いた本に寄稿していただけないでしょうか」との相談を受けた。「お安いご用だ」と請け合ってこれを書いているが、相談はそれだけではない。「長男の難病の予後のケアが大事なのに、行政はとり合ってくれない」という悩みというか怒りがある。病後は感染リスクが高い。ダウン症で知的障害がある息子さんはセルフケアができず清潔が保てないから、自宅療養には他人のケアが必要である。ヘルパー派遣の時間制限をなくしてもらいたいのに、行政は対応する気がない。

玉井さんの怒りと悩みはよくわかる。私も行政のこんな対応ぶりには怒りを覚える。一方で、ふつうの行政はそんなところなんだろうなとも思ってしまう。あきらめるのとは違う。今は息子さんの闘病に気持ちと時間と労力を傾けることが最重要であり、行政対応はしばし横に置いておくのがいい。

そこで、息子さんの闘病のこと。これはＡＴＬ（成人Ｔ細胞白血病）の患者としての経験からものをいうことになる。ＡＴＬは難治性の白血病で、発症時には余命一ヶ月と言われた。告知された時には、「この病気と闘うぞ。その他のことは考えない」と決心した。その際には「根拠なき成功への確信」のようなものがあった。根拠はないが、必ず治る。そう思うと闘病もつらくない。前向きになる。積極的楽観論とでもいおうか。闘病中は山あり谷ありであったが、骨髄移植を受け完治することができた。

息子さんの闘病を見守る玉井さんにおいても同じことである。病気と闘うことだけ考える。そして必ず治るという思いを強く持つ。つけ加えれば、治療にあたる医療スタッフを信頼するということである。

そして最後に。大丈夫です。なんとかなります。

浅野史郎（元・宮城県知事）

おわりに

息子の拓野《たくや》が生きているうちに本の原稿を仕上げなければ、などと深刻極まりない顔をして、眉間にしわをよせているわたしのとなりで、当の本人はお気に入りのテレビ番組の録画を観ながらエアロバイクをこいでいる。壮絶闘病中だが、他方、絶賛体力づくり中。

そして、わたしをチラ見している。息子の考えていることはだいたいわかる。

「早く出かけて」

わたしが外出してそばからいなくなれば、息子はもっとお気に入りの、しかしわたしには確実に眉をひそめられる、ときにはウルサイ！　と怒鳴られる番組の録画を観られるからだ。

ということで、場所をかえてこれを書いている。

世間は前向きな闘病記がどれだけ好きなのだろう。後ろ向きでしかいられない物語より、後ろ向きの時期を経て前向きになった物語を、いったいどれだけ求めれば気が済むのだろう。

自分自身が安心して着地できる場所が欲しい。わたしだってそうだ。つらい思いをしたけれど、無駄な時間じゃなかったね。苦しかったけれど、だからこそのすばらしい出会いもあったね。そうまとめてもらって安心したい。

神様は乗り越えられる試練しか与えない、とよく言われる。宗教的な信念があって言うわけではないが、神様が与える試練の中にはしっかりと「死」も含まれているのだ。自分の死、家族の死、友人の死……。

とりわけ、わが子の死。逆縁というのだそうだ。

だったら、わたしは試練なんかいらない。

神様がそれでも試練をくれるというなら、のしをつけて返してやる。

神様なんかくそくらえ！

今のわたしは、おそらく混沌《こんとん》そのもの。目や鼻や口をつけたら死んでしまったという中国の古事に出てくるあの混沌だ。だから無理に整理したり、道筋をつけようとしたりせずに、混沌のままいよう。

形質細胞性白血病という病名は容赦なく、そう、なんの緩衝材もなしにわたしに迫ってくることもあれば、濃厚な沈黙の向こうに鎮座ましましているだけのよう見えることもある。それもそのままにしておこう。

「期待禁物・希望禁止」。入れ替えてもいいので「希望禁物・期待禁止」。

息子の病気がわかってからのわたしの座右の銘だ。

もちろん、それができないから座右の銘などとありがたい名前をつけてまで、心理的至近距離に置いておかなければならないのだが。

「期待禁物・希望禁止」あるいは「希望禁物・期待禁止」とは裏腹に、わたしはジタバタ、アタフタ、オロオロしている。もう少し、もう少し、もう少しだけ……生きのびたら画期的な治療法が開発されるのではないか、と。

冒頭で、わたしが伝えたいのはこれだけだと、次のように書いた。

ダウン症で形質細胞性白血病の患者が、過去も含めて本当に世界にひとりしかいないのかどうかはわからないけれど、少なくともひとりはここにいる。

実はわたしは、セカンドオピニオンと称して国内の専門医を訪ね歩いただけでなく、海外の専門医や患者団体にも手あたり次第に近いくらいメールを書いた。自分では書けないので、英語ができる友人にこれまた手あたり次第手伝ってもらった。

ダウン症で、かつ形質細胞性白血病の患者を知りませんか？

知っているという返事は誰からも返ってこなかった。やっぱりいないんだと小さな落胆を繰り返しているうちに、決してあきらめでもひらきなおりでもなく、別にいなくてもいいやという気になってきた。

いたらいたで、親近感はわくかもしれないし、ひとりじゃなかったんだ、とホッとするかもしれないが、それだけでハッピーになれるだろうか。別にひとりならひとりでいい。同じ病気ならわかりあえるわけではないし、同じ病気でないからわかりあえないわけでもない。

そのかわり、わたしの周りには、息子やわたしを気にかけてくれる人がいる。全部は紹介できないが、ある友人からの手紙の一部だけ紹介しておこう。年賀状のやりとりさえ途絶えてしまっていた高校時代の友人のひとりだ。

先に逝った父を追いかけるように足早に旅立った母。家で看取る準備をすすめていたのに、父と同じように病院のベッドで、たった一人で逝かせてしまったことが悔やまれます。拓野さんのようにまだまだ生き続けてほしい若者に自分の命を少しだけ譲るために早く逝ったのだと勝手に思い込み納得させています。

もうひとつ紹介しておこう。わたしの恩師のひとりである日暮眞先生に、拓野の病気のことを伝えたときのこと。

「いい子ほど、そういう病気になっちゃうんだよねえ」

恩師はダウン症の子どもを長年診てきた小児科の医師。先生！　小児科医なのにそんな非科学的なこと言っちゃっていいんですか？　だいたいうちの息子、全然「いい子」じゃありませんよ。ウソつくし、言うこと聞かないし、反抗するし……。

こんなふうに、あんなふうに、息子の存在を心のどこかにとどめておいてくれる人がいれば、それでいい。

ダウン症で形質細胞性白血病の患者が世界のどこかにいたらいたで、それでよし。いなかったらいなかったで、それでもいい。

だって、ここにひとり、ひとりだけだけれど、たしかにいるのだから。

グラフやイラストの使用を快く認めてくださった日本造血細胞移植データセンターとメタ・コーポレーション・ジャパン、貴重な写真を提供してくださった姫崎由美さんと幡野広志さん、そして、遅筆のわたしの原稿を待ち続けてくれた生活書院の髙橋淳さんに、お礼を申し上げたい。

三月一〇日　東日本大震災から八年目の前日に

玉井拓野の母　玉井真理子

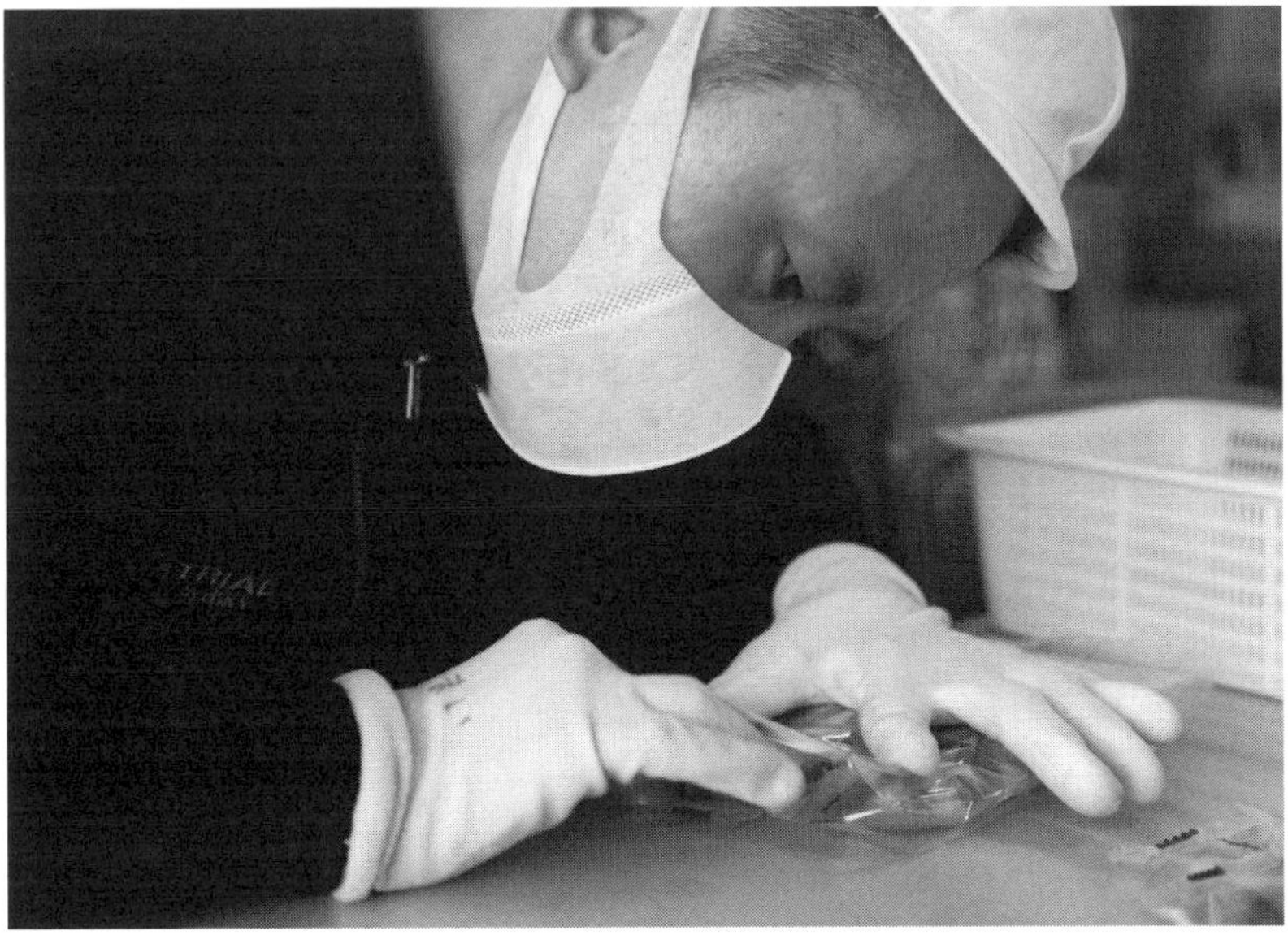

撮影＝姫崎由美

◉本書のテキストデータを提供いたします

本書をご購入いただいた方のうち、視覚障害、肢体不自由などの理由で書字へのアクセスが困難な方に本書のテキストデータを提供いたします。希望される方は、以下の方法にしたがってお申し込みください。

◎データの提供形式：CD-R、フロッピーディスク、メールによるファイル添付（メールアドレスをお知らせください）

◎データの提供形式・お名前・ご住所を明記した用紙、返信用封筒、下の引換券（コピー不可）および200円切手（メールによるファイル添付をご希望の場合不要）を同封のうえ弊社までお送りください。

◉本書内容の複製は点訳・音訳データなど視覚障害の方のための利用に限り認めます。内容の改変や流用、転載、その他営利を目的とした利用はお断りします。

◎あて先：
〒160-0008
東京都新宿区四谷三栄町6-5 木原ビル303
生活書院編集部　テキストデータ係

【引換券】
ここにいる

玉井真理子（たまい・まりこ）

1960年生まれ。東北大学大学院教育学研究科博士後期課程修了、東京大学医学部にて保健学博士取得。信州大学医学部保健学科准教授。信州大学医学部附属病院遺伝子医療研究センターの臨床心理士を兼務。専攻は、心理学、生命倫理学。
著書に『出生前診断 受ける受けない誰が決めるの？――遺伝相談の歴史に学ぶ』（共編著、2017年、生活書院）、『出生前診断とわたしたち――「新型出生前診断」（NIPT）が問いかけるもの』（共編著、2014年、生活書院）、『はじめて出会う生命倫理』（共編、2011年、有斐閣）など。

ここにいる
――形質細胞性白血病とダウン症と

発　行――――二〇一九年六月二〇日　初版第一刷発行
著　者――――玉井真理子
発行者――――髙橋　淳
発行所――――株式会社　生活書院
〒一六〇―〇〇〇八
東京都新宿区四谷三栄町六―五　木原ビル三〇三
ＴＥＬ　〇三―三二二六―一二〇三
ＦＡＸ　〇三―三二二六―一二〇四
振替　〇〇一七〇―〇―六四九七六六
http://www.seikatsushoin.com

印刷・製本――株式会社シナノ

Printed in Japan
2019 © Tamai Mariko
ISBN 978-4-86500-096-2

定価はカバーに表示してあります。
乱丁・落丁本はお取り替えいたします。

生活書院 出版案内

（価格には別途消費税がかかります）

出生前診断　受ける受けない誰が決めるの？——遺伝相談の歴史に学ぶ

山中美智子、玉井真理子、坂井律子【編著】　A5 判並製　248 頁　本体 2200 円

出生前診断を議論するとき金科玉条のように語られる「遺伝カウンセリングの充実」。しかし、その内容はきちんと検証されてきただろうか？検査のための手続きになってはいないだろうか？長年にわたり遺伝カウンセリングを実践し、そのあり方を模索してきた先人たちに学び、技術ばかりが進展する出生前診断とどう向き合うかを、立ち止まって考える。

受精卵診断と出生前診断——その導入をめぐる争いの現代史

利光惠子【著】　A5 判上製　344 頁　本体 3000 円

「流産防止」か「いのちの選別」か。日本における受精卵診断導入をめぐる論争の経緯を、日本産科婦人科学会と障害者と女性からなる市民団体との論争を中心にたどり、いかなるパワーポリティクスのもとで論争の文脈が変化し、この技術が導入されていったのかを明らかにする。今また様々な論議を呼んでいる出生前診断、その論争点を提示する必読の書。

死産児になる——フランスから読み解く「死にゆく胎児」と生命倫理

山本由美子【著】　四六判上製　272 頁　本体 2800 円

少なからぬ死産児は人為的に生成されている。精確にいうならば、生きているのに「死にゆく胎児」とみなされ、新生児と承認されない。こうした「死にゆく胎児」の来し方と行方を生命倫理的に検討し、現代の生命倫理学において看過されている〈死産児〉という領域——「死にゆく胎児」の存在をも明確にした——を顕在化させるとともにその重要性を明示する。

難病患者運動——「ひとりぼっちの難病者をつくらない」滋賀難病連の歴史

葛城貞三【著】　A5 判並製　312 頁　本体 3500 円

家族の介護体験から滋賀難病連の結成に関わった著者が、その三〇余年の歴史、患者会と行政や超党派の難病議連との関係を検討し、地域難病連に共通する課題や特徴を抽出。これからの難病患者運動の展開に大きな示唆を与える必読の書。「ひとりぼっちの難病者をつくらない」をスローガンに掲げた患者運動の全貌！